Mord in Siegburg

Die Wasserleiche
www.rsk-krimi.de

1

Rhein-Sieg-Kreis Krimi

Mord in Siegburg

Die Wasserleiche

Der erste Fall der Kommissarin Thekla Sommer

© Kersten Wächtler   **www.rsk-krimi.de**

Bibliografische Information der Deutschen Nationalbibliothek:
Die Deutsche Nationalbibliothek verzeichnet diese Publikation in der
Deutschen Nationalbibliografie; detaillierte Daten sind im Internet über

http://dnb.dnb.de

abrufbar

2. Auflage

ISBN: 9783744898805

Alle Personen und Tathergänge sind frei erfunden.
Ähnlichkeiten mit lebenden oder toten Personen sind rein
zufällig.

Erstes Kapitel

»In jedem Kapitel des vorgelesenen Buches bin ich zunehmend mental gewachsen. Jedes noch so kleine Ereignis hat mich erkennen und lernen lassen und mit jedem abgeschlossenen Kapitel dieses Buches, glaube ich, einen regelrechten Schub gemacht zu haben, dahingehend bereit zu sein, um Weiteres, Elementares aufzunehmen, zu verarbeiten, zu erkennen und zu lernen.

Bei jedem Kapitelabschluss in meinem Leben hat sich Grundlegendes verändert. Meine Sichtweise hat sich, wahrscheinlich gelenkt durch eine Übermacht, ich nenne sie Gott, jeweils geschärft, dahingehend, dass ich mein ureigenes Dasein, nämlich MEIN Leben, erkenne und meinen Geist weiterentwickle. Meine Erkenntnis unter anderem ist, dass niemand aufhört zu lernen, im Kleinen wie im Großen, wahrscheinlich lernen wir sogar unendlich.

Ist es rückblickend nicht so, dass jeder Schritt, jedes Ereignis und jede Episode im Leben, uns ein Stück, gar einen Wimpernschlag näher dahin bringen soll, was uns erschaffen hat und dem wir in unserer geistigen Tiefe im Verborgenen gleich sein wollen? Aus jedem noch so winzigem Moment, jedem Abwägen von wichtig oder vergessen, jeder

Entscheidung, ob nun positiv oder negativ verlaufend, wird uns Menschen der Weg des Lernens geebnet. Lernen und uns der Wirklichkeit nähern, dem Schöpfer der Herrlichkeit des Seins und der Zeit.

Ob nun Gott, Allah, Shiva oder Buddha, es ist der Schöpfer der uns lernen, erkennen, wachsen und weise werden lässt. Er schenkt uns den freien Willen, um uns in der jeweiligen Situation weiter zu entwickeln oder auch nicht.

Eins ist aber gewiss, Aufgaben werden uns in unterschiedlichster Form wieder begegnen, bis sie verarbeitet, also gelöst werden. Erst dann sind wir bereit für die nächste Aufgabe, zur nächsten Erkenntnis und zum nächsten Schritt zur wahren Wirklichkeit«.

Mit diesen Worten schloss der Autor >Kersten Wächtler< die Lesung aus seinem zuletzt veröffentlichten Buch >Im Nebel des Erwachens<. Die Zuhörer der Lesung im Kreishaus der Stadt Siegburg, einem aus mehreren Flügeln bestehenden Betonhochhauses, das komplett mit Glas verspiegelt ist, klatschten Beifall. Man hatte Herrn Wächtler die Gelegenheit gegeben, einen Termin zu einer Literaturlesung wahrzunehmen. Alle vierzehn Tage konnten sich im Rhein-Sieg-Kreis ansässige Autoren im Kreishaus, einen Termin reservieren. Hier konnten sie ihr neuestes Werk der Öffentlichkeit, in einer Lesung und anschließenden lockeren Gesprächen, vorstellen.

Auch dieses Mal wieder, wurde sehr angeregt über das Werk und die Ansichten des Autors, diskutiert.

Keiner ahnte, dass bereits einige Tage später, nur zwanzig Meter hinter dem Kreishaus, ein Tötungsdelikt stattfinden würde. Dann würde die >höhere Instanz<, die Kersten Wächtler beschrieben hatte, eine Seele in ihr Reich aufnehmen.

»Hände hoch! Polizei!«

Die Anwesenden im Gruppenübungsraum der Polizeidienststelle Siegburg drehten sich erschrocken um.

Bisher war man von der smarten Kriminalkommissarin solch harschen Ton nicht gewohnt.

»Ganz langsam umdrehen und ich will die Hände oben sehen«

Thekla Sommer gefiel die Aufmerksamkeit, die ihr nun in dem lichtdurchfluteten Raum, zu Teil wurde.

Es war die monatlich stattfindende Übung zur Festnahme Straffälliger, doch Thekla wusste, dass ihre kräftige Stimme mit Nachdruck und einer gewissen Lautstärke, Respekt einbrachte.

Seit sie im Polizeidienst war, war ihr Recht und Ordnung immer wichtig. Nun, da sie ins Kommissariat nach Siegburg gewechselt war, verschaffte sie sich trotz ihrer grazilen Erscheinung, zunehmend Respekt bei ihren männlichen Kollegen.

»Ach, die Sommer mal wieder« scherzte Robert Hanf, ihr Kollege, der die burschikose Art von Thekla nicht mochte.

»Ja, genau die« antwortete Thekla in normaler Lautstärke. »Die Spinne im Dunkel, wie Du immer sagst aber die Spinne im Dunkeln siehst Du nicht, - und sie kann deshalb immer unerwartet zubeißen«.

Alle lachten.

Eins zu Null für Thekla.

*

Hier saß er nun in seinem frisch renovierten Zimmer, in dem die noch nicht ausgepackten Kartons in der Ecke standen. Er sollte es sich wie ein Jugendzimmer einrichten. Wie richtet man sich mit vierzehn Jahren ein Jugendzimmer ein? Kopfschüttelnd saß er auf seinem neuen Holzbett, dass er vor einigen Tagen mit seiner Mutter im IKEA, in Köln-Godorf, gekauft hatte. Er blätterte gedankenversunken in dem neuesten Comic von >Clever und Smart< und murmelte vor sich her:

»David - wie konnten meine Eltern mich nur David nennen? So heißt heute kein Mensch mehr. Und wieso haben sie nicht geheiratet? So hab' ich nicht den Nachnamen meines Vaters, sondern heiße so wie meine Mutter«.

Gedankenversunken schaute er zur Wanduhr und dann auf seine Armbanduhr. Eigentlich wollte seine Mutter heute früher nach Hause kommen. Sie wollten gemeinsam beim

neuen Italiener am Markt etwas essen gehen.
Zähneknirschend murmelte er weiter:

»Und nicht nur David, sondern auch noch Sommer. Was
für ein Name? David Sommer«. Er meinte, >David Lay<
würde sich besser anhören, als >David Sommer<.

David presste schmunzelnd und nun kopfnickend die
Lippen zusammen. Davids Vater, Bernd Lay, war
selbständiger Malermeister. Er hatte die neue Wohnung von
Thekla und David vor kurzem noch komplett renoviert. Das
war sozusagen die >letzte gute Tat< am Ende der
fünfzehnjährigen eheähnlichen Gemeinschaft. Die
Diskrepanzen waren zu groß geworden und durch das starke
Engagement seiner Frau, nach dem Wechsel zur Kripo, sowie
den unregelmäßigen Arbeitszeiten, auch nachts, kam er
irgendwie nicht mehr klar. Er lernte durch seinen Beruf dann
eine Kundin näher kennen, die ihm erfolgreich schöne Augen
machte. Dies führte dann zu einem handfesten Krach, der
darin endete, dass sie sich trennten.

Die neuen fünf Zimmer ihrer Wohnung waren in einem
kleinen Einfamilienhaus im Siegburger Ortsteil Stallberg, wo
sie einzogen. Im Erdgeschoss waren zwei Zimmer, die Küche
und ein Gäste-WC, - im oberen Stockwerk waren drei
Zimmer und ein Badezimmer. Alles in allem recht großzügig
geschnitten und für die Mutter und Sohn groß genug. Hinzu

kam noch ein Gartenbereich, der mit seinem Fischteich und großer Liegewiese zu gemütlichen Grillabenden mit Freunden einzuladen schien.

Von hier aus war es nicht weit zur Dienststelle auf der Frankfurter Straße. Hier war auch die Nähe zu Davids Schule auf der Zeithstraße gegeben. Aus diesem Grund hatte sich Thekla bei dem Besichtigungstermin für dieses Objekt recht schnell entschlossen.

David hörte nicht den Schlüssel im Schloss der Haustüre, jedoch das Zufallen der Türe im Erdgeschoss.

»David?« hörte er seine Mutter rufen, »David, mein Schatz, tut mir echt leid, dass es etwas später geworden ist aber der Bollenkamp hatte mal wieder eine kurzfristige Besprechung zur Gefahrenlage einberufen«. Kriminalhauptkommissar Fred Bollenkamp war ihr vorgesetzter Abteilungsleiter und bekannt für seine überdurchschnittlich hohe Aufklärungsrate im Rhein-Sieg-Kreis. Zu seiner hohen Aufklärungsquote trugen sicherlich seine akribische und vorbildliche Arbeitsweise aber auch seine immer wieder kurzfristig anberaumten Teambesprechungen bei.

»Ja, ja, ist ja schon gut. Können wir dann? Ich hab mächtig Hunger«

»Ich zieh mich nur schnell um« rief Thekla, als sie die Treppe in ihr Schlafzimmer hochlief.

»Nun schrei doch nicht so rum«. David kam aus seinem Zimmer, welches neben Theklas Schlafzimmer war.

Thekla ging schnell ins Badezimmer um sich frisch zu machen. Danach schlüpfte sie in die neue Jeans und das Sweatshirt, das Bernd ihr zum letzten Geburtstag geschenkt hatte. »Sentimental?« fragte David, mit leicht ironischem Unterton.

»Ach Quatsch, einfach nur saubequem« entgegnete seine Mutter. Sie trug in ihrer Freizeit allzu gerne weite schlabberige Kleidung. Hierin hatte sie Platz genug um sich bequem zu bewegen und gerade beim Essen nicht den Bauch einziehen zu müssen. Thekla wog bei einer Größe von 1.68 Meter gerade mal 61 Kg, hatte aber immer das Gefühl, bei ihrer schmalen Oberweite käme ihr eigentlich recht flacher Bauch zu schnell zur Geltung. Auf der anderen Seite wollte sie aber auch ihre Oberweite kaschieren, da sie der Meinung war, Bernd hätte bei der Neuen die >Körbchengröße D< sehr fasziniert. Sie hatte noch sehr an der Trennung zu knabbern. Hoffentlich hörte der Verarbeitungsprozess bald auf.

Sie fuhren die Zeithstraße entlang und parkten auf dem großen Parkplatz hinter dem Kaufhof. Von hier war man sofort in der Fußgängerzone und somit auch direkt am

Marktplatz. Es waren neunzehn Uhr als sie das Restaurant betraten.

»Ganz schön was los« meinte Thekla zu David gewandt.

Dieser allerdings ging strammen Schrittes zu einem der wenigen freien Tischen in der Ecke.

»So ein Mist« sagte er und hielt das >Reserviert< Schild hoch. Er hatte großen Hunger.

Thekla schaute sich in dem Restaurant um. Ein Kellner mit weißem Hemd, schwarzer Hose, schwarzer Schürze, schwarzen, gegeelten Haaren und breitem Grinsen, kam auf die Beiden zu.

»Prego Señora, - nehmen Sie bitte Platz. Der Tisch ist erst für zwanzig Uhr dreißig vorbestellt. Sie haben noch genug Zeit zum Essen und Genießen«.

»Schleimer«, murmelte David, als er bereits kurze Zeit später die Speisekarte studierte.

»Wie bitte?«, fragte Thekla nach. Sie schaute teils belustigt, teils entsetzt zu David.

»Schleimer«, wiederholte David, als der Kellner fort war.

»Der ist doch nur auf ein gutes Trinkgeld aus. Wenn der wüsste, dass Du bei den Bullen arbeitest, hätte er nicht so um Dich herumgetänzelt. Wetten«?

Thekla bestellte, während der Kellner, immer noch grinsend, die Kerze auf dem Tisch anzündete:

»Einmal Insalata Verde und danach einmal Vitello Tonnato«.

Das hatte sie im vorletzten Urlaub in Piemont gegessen, dem nordwestlichen Teil der italienischen Alpen, nicht weit vom Mittelmeer, dessen bekannteste Region der Lago Maggiore ist. Dünn geschnittene rosa gegarte Kalbsfleischscheiben werden mit einer Thunfischsauce serviert, welche die säuerliche Frische von Zitronen mit der Würze von Kapern und Thunfisch vereint. Abgerundet mit gehobeltem Parmesan und frischen, gewürfelten Tomaten.

»Dazu gab es ein kleines alkoholfreies Bier«.

Ein Hochgenuss, wie sie meinte.

David bestellte:

»Pizza Salami mit extra Käserand und eine Cola«.

Zweites Kapitel

Es regnete ein wenig, als Daniel die Diskothek in dieser Nacht verließ. War es der Alkohol, der ihn so wirr im Kopf sein ließ oder die verqualmte Luft des Raucherbereiches in der Disco, in der er sich in den letzten dreißig Minuten aufhielt? Langsam und torkelnd ging er am Mühlenbach entlang, am Fuße des Michaelsberg. Vor seinen Augen drehte es sich und ihm war kotzübel. War es wirklich der Alkohol, schoss es ihm durch den Kopf oder hatte jemand aus seiner Jackentasche das Fläschchen mit den KO-Tropfen genommen und dieses Mal ihm damit eins ausgewischt?

Zweimal bereits hatte er es bei hübschen Mädchen ausprobiert. Beim ersten Mal hatte sich die kleine Brünette mitten auf der Tanzfläche übergeben und sich somit ganz fürchterlich blamiert. Wahrscheinlich hatte er zu wenig von dem Zeug in ihren Drink gemixt. Dann aber beim zweiten Mal, war die Wirkung wie er es sich gewünscht hatte. Diana ging vor etwa sechs Wochen, wie in Trance, mit ihm aus der Diskothek zum nahegelegenen Parkplatz. Sie stieg bereitwillig in seinen Wagen, wo er sich auf brutale Weise an ihr verging. Es war so, als würde Diana gar nichts mitbekommen und sei im Halbschlaf gewesen. Er aber befriedigte seine aufgestaute geile Gier nach Sex, wie im Rausch.

Nun überquerte er vom Parkplatz >am Michaelsberg< kommend, die Mühlenstraße, um in Richtung >Leinpfad<, vorbei am Kreishaus, zu gehen. Die hier stehenden kleinen Fachwerkhäuschen schienen in seiner Fantasie noch aus der Zeit des Mittelalters zu sein, in der der Mühlengraben, an dem er auf seinem Weg vorbeimusste, angelegt wurde. Mitte des 12. – 13. Jahrhunderts wurde dieser künstlich angelegte, etwa vier Meter breite Kanal, oberhalb von Siegburg aus der Sieg abgeleitet und auf etwa fünf Kilometer Länge, vorbei am Michaelsberg mit seiner Benediktiner-Abtei durch Siegburg und dann wieder in die Sieg geleitet. Über Jahrhunderte diente das Wasser des Kanals zum Betreiben der damals fünf ansässigen Mühlen für das Nutzwasser der Siegburger Bürger.

»Warum bin ich heute bloß nicht in die Disco nach Bonn gefahren? Dann wäre ich schon zu Hause« lallte er vor sich hin. Es war nicht mehr weit bis zum Bahnhof, wo er die Straßenbahn Linie 66 Richtung Bonn nehmen wollte. Es fiel ihm immer schwerer seine Augen offen zu halten und geradeaus zu gehen. Als er hinter dem Kreishaus war und in den kleinen Park gelangte, wurde ihm so, als müsse er sich

18

übergeben. Er ging nahe an den Rand des Leinpfads. Von hier führte eine kleine Böschung etwa zwei Meter hinab zum Mühlenbach. Wenn, dann war hier die geeignete Stelle, sich seiner Übelkeit zu erleichtern. Es regnete immer noch ganz leicht, als er mit einem Fuß über die etwa sechzig Zentimeter hohe Abgrenzung stieg und sich nach vorne beugte…

*

Thekla stieg gerade aus der Dusche und griff nach dem Duschtuch, als das Handy klingelte. Sie war zum Frühstück mit einer Freundin verabredet. Aber war es schon so spät? Eilig schlang sie das Tuch um und hastete ins Erdgeschoss, wobei sie fast auf der Treppe ausrutschte. Warum hatte sie ihr Handy auch nur im Wohnzimmer gelassen und nicht wie sonst mit nach oben genommen?

»Ja Sylvia, ich komme gleich, bin noch nackt, Du holst mich gerade aus der Dusche«.

»Nackt? Oh Kollegin, gerne hätte ich jetzt Videotelefonie«, prustete Robert Hanf.

»Robert, - ich dachte, äh, - ich wollte nicht, äh, - t´schuldigung, - ich…«

»Schon gut, wir brauchen Dich. Wasserleiche im Mühlenbach, am Kanaleingang an der Poststraße, dort wo der Mühlenbach am Gerichtsgebäude vorbeigeleitet wird«.

»Danke Robert, und bitte, keine Witze bei den Kollegen über mich«.

Robert Hanf lachte verschmitzt: »Keine Sorge, - die nackte Sommer bleibt nur in meinem Gedächtnis«.

Thekla legte auf. Schmunzelnd, über die gerade passierte Situation, stieg sie die Treppe hinauf und zog sich an. Gut, dass David ein paar Tage bei seinem Vater war, das festigte bestimmt wieder das Vater-Sohn Verhältnis. Dennoch, wäre David wie sonst da gewesen, hätte sie ihn morgens geweckt und das Frühstück bereitet und ihr wäre diese peinliche Situation jetzt erspart geblieben.

Eine Leiche, fünf hundertfünfzig Meter vom Präsidium entfernt.

»Da könnte man ja zum Ermitteln sogar zu Fuß hingehen«, dachte Thekla.

Sie entschied sich jedoch mit dem Auto von zu Hause aus sofort zum Fundort der Leiche zu fahren und nicht den Schlenker an der Dienststelle vorbei, zu machen, um in einen Dienstwagen umzusteigen. Als sie ankam, war der Fundort der Leiche bereits mit dem rot-weißen Flatterband abgesperrt und die Spusi bereits am Werk. Die Kräfte der Siegburger

Feuerwehr, welche die Leiche geborgen hatten, rückten gerade ab.

»Glücklicherweise ist hier am Durchfluss unter der Straße ein Gitter zur Sicherung gegen Treibgut angebracht, sonst wäre die Leiche noch ans Gericht gespült worden, so makaber es auch wäre«.

Sybille Salz kam mit hochgekrempelter Hose die kleine Böschung zum Leinpfad hinaufgeklettert. Es hatte in der vergangenen ersten Nachthälfte leicht geregnet. Die Wiese an der Böschung war noch nass.

»Die Kollegen von der Spusi haben noch nichts, außer einem Stempel auf dem Handrücken der Leiche, wahrscheinlich von einer Disco. Aach ja, und hier diesem kleinen Fläschchen aus der Jackentasche. Riecht irgendwie chemisch. Das muss das Labor noch untersuchen«.

Thekla hielt das kleine braune Fläschchen an die Nase. Irgendwie roch es nach nichts, wenn da nicht tatsächlich ein kleiner chemischer Dunst wäre.

»Und?«, fragte sie in Richtung der Spurensicherung.

»Hier, der Ausweis war in der Innentasche seiner Jacke im Portemonnaie: Lutz Huber, 26 Jahre alt, wohnhaft in Sankt Augustin, Todeszeitpunkt vor etwa zehn bis zwölf Stunden, vermutlich ertrunken. Mehr nach der Obduktion«, entgegnete der Mann von der Spusi.

»Vermutlich ertrunken und warum dann die Mordkommission?« Thekla drehte sich um zu ihrer Kollegin Sybille.

»Das komische ist die Wunde am Hinterkopf. Wir wissen nicht, ob er sich die beim Sturz an einer Mauer zugezogen hat oder ob ein Schlag, ausschlaggebend für den Sturz war. Dann wäre es ja Mord oder zumindest Totschlag«.

»Richtig«, bestätigte Thekla. »Somit heißt es mal wieder abwarten«.

Am gleichen Nachmittag noch kam der Obduktionsbefund auf den Tisch der >Sonderkommission Mühlenbach<, der Thekla Sommer, Robert Half, Sybille Salz und Peter Ludwig angehörten. Alfred Bollenkamp, den alle nur >Fred< nannten, Leiter der Mordkommission Siegburg, hatte Thekla den Fall als Leiterin der SOKO übertragen. Das war ihr erster Fall in der neuen Dienststelle.

»Da hat die Bonner Rechtsmedizin mal wieder schnell gearbeitet«, lobte Thekla.

» Also, Todesursache war nicht Ertrinken, sondern der Schädelbruch durch den Schlag mit einem dumpfen Gegenstand auf den Hinterkopf, daher die Platzwunde am Kopf kurz bevor er ins Wasser fiel. Da an der Wunde keine Anhaftungen zu erkennen waren, schien es sich um einen

Schlag mit einem etwa fünf Zentimeter breiten Gegenstand aus Stahl oder Eisen gehandelt zu haben. Bei dem Leichnam wurde ein Blutalkoholwert von 2,0 Promille festgestellt. Ebenso war eine nicht unerhebliche Menge von GBL und GHD nachweisbar«.

Sybille meinte, dass bereits die Mischung aus dem Promillegehalt und GHL/GHD schon hätte ausreichen müssen, um ins Koma zu fallen. Wieso überhaupt GHL/GHD nachgewiesen wurde, war auch niemandem der Anwesenden klar. Diese Substanzen wurden für gewöhnlich unter dem Begriff >KO-Tropfen< geführt. Näheres erbrachte der Blick in die Laboranalyse des gefundenen braunen Fläschchens in der Jackentasche des Toten. Hierin war eine Flüssigkeit der genau diese Wirkstoffe enthielt, wie sie im Blut des Toten festgestellt wurden.

Alle schauten sich verwundert an. Alkohol in nicht unerheblichem Maße, die KO-Tropfen, die einen schon bei großer Einnahme ins Koma fallen lassen und die Platzwunde am Hinterkopf. Wie passte das zusammen? War hier eine Verkettung unglücklicher Umstände oder lag hier ein perfider geplanter Mord vor. Aber warum? Man stand noch ganz am Anfang der Ermittlungen und musste, wie immer, sorgsam Steinchen für Steinchen zusammenlegen, um ein Mosaik zu erhalten.

»Na dann wollen wir mal puzzeln gehen« meinte Robert grinsend, als er sich vom Besprechungstisch erhob und mit seinem Feuerzeug sowie der Packung Marlboro in der Hand Richtung Tür ging. Im gleichen Moment wurde die Tür aufgestoßen und einer von der Spusi kam herein. Die Spusi hatte den Mühlenbach von der Abzweigung aus der Sieg, bis zum Fundort der Leiche, nach verwertbaren Spuren, abgesucht. Dabei hatte man, etwa zweihundert Meter oberhalb der Fundstelle einen vermuteten Eintritt ins Wasser ausfindig gemacht. Es waren Spuren von Erbrochenem am Beton der Kanaleinfassung und der Wiese gefunden worden. Weiterhin waren auf dem Rasen vermutliche Rutschspuren gefunden worden, die auf ein Ausrutschen hindeuteten. Ebenfalls wurden an einer, in der Nähe befindlichen Baustelle, Absperrgitter gefunden, deren daneben liegenden Seitenverankerungen aus Eisen, von der Form her, als Tatwerkzeug zu der Kopfwunde passen könnten.

»Die sind schon zur Untersuchung auf mögliche Spuren im Labor« meinte der Kollege der Spusi. Aber einen an gleicher Stelle gefundenen Ring, hätte man nicht zuordnen können, da die Gerichtsmedizin anhand der Untersuchungen der Hände ausschloss, dass das Opfer einen Ring getragen hätte.

»Einen Ring?«, fragten Sybille und Thekla gleichzeitig.

»Ja, hier«, erst jetzt zeigte der Kollege ein Plastiktütchen mit einem goldenen Ring.

»Ein Ehering?«, fragte Thekla

»Sieht ganz so aus«, erwiderte Peter Ludwig, der sich bis jetzt zurückgehalten hatte. Er nahm das Tütchen genauer unter die Lupe.

»Hier ist was eingraviert: >*Mausi 10.07.89*< «, las er vor.

»Ein Ehering mit Mausi«, lachte Robert los.

»Na dann ist der Fall ja schon halb gelöst oder tappst Du noch im Dunklen, Sommer?«

Er erntete von allen Seiten böse Blicke bei der Anspielung. Er war eigentlich sehr verärgert, dass nicht er den Fall übertragen bekommen hatte, sondern seine vier Jahre jüngere Kollegin, die erst seit einem halben Jahr hier auf der Dienststelle war. Ja, er wusste, dass Thekla eine qualifiziertere Ausbildung im Bereich der Mordkommission durchlaufen hatte, aber er war schließlich schon länger hier. Er schob seinen Stuhl nach hinten vom Tisch weg, streckte seine Beine aus und schaute nach unten, wobei er seine Arme vor der Brust kreuzte.

Das Telefon klingelte. Tatsächlich hatte die Laboruntersuchung des Absperreckpfostens ergeben, dass hier Blut und Haare von Lutz Huber festgestellt wurde. Die

Fingerabdrücke wurden abgewischt, jedoch das Pfostenende mit den Anhaftungen nicht.

Jetzt stand es fest. Es war kein Unfall.

*

Völlig durchnässt kam er zu Hause an. Schwanz wedelnd begrüßte ihn sein kleiner Jack Russel Terrier und schnupperte sofort an seiner Hose. Zum Glück winselte er nicht vor Freude, so wie sonst. Dies würde nämlich die anderen wecken. Er zog seine Hose und sein Hemd noch im Flur aus und brachte es in den Wäschekorb, der in der Waschküche stand. Die Schuhe stellte er zum Trocknen, nachdem er diese von Lehm und Steinchen befreit hatte, im Heizungskeller ab. Gerade als er das Licht im Badezimmer löschte, um sich auch schlafen zu legen, bemerkte er den Verlust des Ringes. Oh Gott, wo hatte er den denn verloren? Im Auto? Auf dem Parkplatz an der Disco? Oder etwa am Mühlenbach?

Am folgenden Tag fuhr er direkt nach Arbeitsschluss nach Siegburg, um die Strecke von der Diskothek bis zum Mühlenbach abzugehen. Würde er den Ring wiederfinden? Er ging hin und zurück. Der Ring war nicht zu finden. Voller Panik stieg er wieder ins Auto und fuhr nach Bonn in das Geschäft, wo sie damals die Ringe gekauft hatten. Hoffentlich gab es genau diese Ringe noch. Es war ja schon einige Zeit her, dass sie sich genau für dieses Paar entschieden hatten. In dem großen Schmuckladen am Bonner Marktplatz waren nicht sehr viele Kunden. Freundlich wurde er von einer Verkäuferin empfangen. Er ließ sich das Sortiment an goldenen Freundschafts- und Eheringen zeigen. Fast ängstlich merkte er, dass sich das Sortiment wohl sehr geändert hatte. Sein Ring war nicht mehr dabei. Die Verkäuferin holte noch zwei Auslagen, in denen mindestens achtzig verschiedene Ringe waren. Leider waren auch hier nicht die Ringe, die er wollte. Auf Nachfrage, ob nicht irgendwo noch ein Lagerraum sei, in dem vielleicht noch Restposten seien, verschwand die Verkäuferin in einem Nebenraum. Lächelnd kam sie zurück und präsentierte noch zwei Auslagen, in denen etwa weitere vierzig Ringe älterer Modelle steckten. Endlich, da waren sie. Genau den Ring wollte er haben. Da seine Größe aber nicht mehr vorhanden war, kaufte er den Ring zwei Nummern kleiner. Zwar saß er nun sehr stramm, aber er musste ihn ja haben. Dankend bezahlte er und verließ das Geschäft, um nun nach Hause zu fahren.

*

Die Adresse, die als Meldeadresse im Personalausweis des Toten stand, war abweichend von der Adresse, die im Studentenausweis verzeichnet war. Im Personalausweis stand eine Adresse in Köln-Marienburg. Nachdem Thekla mit Robert die Adresse des Studentenausweises in Sankt Augustin besucht hatte, erfuhren sie, dass hier ein Studentenapartment angemietet worden war. Der Jurastudent Lutz Huber wohnte hier bereits seit mehreren Jahren.

Die Nachricht des Todes ihres Sohnes wollten Thekla und Robert nun selber den Eltern in Köln überbringen. Gleichzeitig konnten sie so näheres zum Umfeld des Toten recherchieren. Nach fast einer Stunde fuhren sie in eine Einfahrt eines Bungalows am Rande von Köln. Marienburg ist ein bevorzugtes Wohngebiet einer besserverdienenden Bevölkerungsschicht. Im Süden von Köln schließt sich hier ein breites Waldgebiet an, welches sich fast rund um Köln zieht, sozusagen >Die grüne Lunge< von Köln. Das großzügige Grundstück war reichhaltig mit edlen Hölzern bepflanzt. Der Rasen war sehr gepflegt und es machte den Eindruck gutbetuchter Bewohner.

»Als Chefarzt muss man ja richtig Kohle verdienen. Warum bin ich nur zur Kripo gegangen?«, kommentierte Robert das Anwesen.

»Weil man als Arzt ein ruhiges Händchen beim Operieren braucht und nicht nur ein angeblich gutes Händchen bei den Frauen«, witzelte Thekla.

Ein tiefer, mehrstimmiger Glockenklang erklang bei Betätigung der Klingel. Eine sehr elegant gekleidete, etwa fünfzigjährige Frau öffnete die Türe.

»Ja bitte?«, ihre Stimme klang fast unterwürfig

»Frau Huber?«, fragte Thekla.

»Ja,- was kann ich für Sie tun?«

Die beiden zeigten ihre Dienstausweise.

»Thekla Sommer, Kripo Siegburg. Das ist mein Kollege Robert Hanf. Dürfen wir mal reinkommen? Wir haben Ihnen etwas Wichtiges mitzuteilen«.

»Oh, selbstverständlich, kommen sie bitte rein. Mein Mann ist in der Klinik. Was kann ich für Sie tun?«.

Nachdem sie von dem Tod ihres Sohnes erfuhr, brach sie weinend zusammen. Ein Glas Wasser brachte ihre Stimme wieder. Sofort informierte sie ihren Mann, der zwanzig Minuten später mit seinem Audi R8 in den Hof fuhr. Ein Auto mit über 600 PS und einem Wert von circa 160.000 Euro.

»Was, was ist passiert?« stotterte er, nachdem er die Polizisten begrüßt hatte.

Thekla erklärte die Vorkommnisse in Siegburg.

»Wir sind am Anfang der Ermittlungen und möchten uns gerne ein Bild über die Herkunft und Lebensumstände sowie das Umfeld der Familie machen«.

Der Arzt und seine Frau schauten sich eine Weile an, drehten dann die Köpfe wieder in Richtung der Fragenden und meinten übereinstimmend, dass Lutz seit einigen Jahren in Bonn Jura studiere und kurz vor seinem Abschluss stand. Er habe einen Studentenjob in Bonn gehabt und sei von der Familie finanziell unterstützt worden. Zwei bis dreimal im Jahr sei er nach Hause gekommen. Man hätte sehr gut harmoniert und es seien keinerlei Unstimmigkeiten im familiären Kreis gewesen. Über das Ableben seien sie nun jedoch so in Trauer, dass sie bitte nun in aller Fürsorge die weiteren Schritte zur Beisetzung in die Wege leiten wollen.

Thekla sagte, sie wolle sich bei der Familie melden, sobald der Leichnam freigegeben sei.

»Wieso freigegeben? Gibt es denn da sonst noch was?«, fragte Frau Huber.

»Die Todesursache war zwar ein Schlag auf den Kopf, aber warum KO-Tropfen verwendet wurden, sei noch ungeklärt«, entgegnete Robert.

Wieder schaute sich das Ehepaar Huber längere Zeit an. Dann meinten sie, man wolle dann abwarten bis die Freigabe erfolge. Vorbereitend würde man sich jedoch schon einmal um alle wichtigen Sachen rund um die Beerdigung kümmern.

Nachdem die beiden Kommissare an der Raststätte am Verteilerkreis zur Autobahn hin, etwas gegessen hatten und sich die ganze Zeit gedankenversunken, schweigend gegenübersaßen, fragte Thekla im Auto auf einmal:

»Hast Du das auch bemerkt? Da stimmt doch was nicht?«

»Ja, genau, ich glaube auch die hatten ranziges Fett bei den Fritten verwendet«.

»Quatsch, - das meine ich nicht. Nein, bei den Hubers. Die haben uns doch was verheimlicht. Die haben sich doch richtig erschrocken angesehen und sich mit den Augen verständigt, so als wolle man auf keinen Fall etwas ausplaudern«. »Ja, natürlich haben die sich angesehen. Ist doch so bei einem Ehepaar, das eine Nachricht über den Tod ihres Kindes erhält. Völlig normal«.

»Aber die haben sich zweimal lange angesehen. Für mich einen Tick zu lange. Da stimmt was nicht. Das sagt mir mein Bauchgefühl«.

»Ihr Frauen immer mit Eurem Bauchgefühl. Da habt Ihr einmal im Monat Schwierigkeiten mit Euren Tagen und meint sofort Ihr hättet jetzt ein sensibles Bauchgefühl für alle

Schwingungen im täglichen Leben. Fakten Thekla, wir müssen uns an Fakten halten«.

»Und trotzdem, irgendetwas stimmt da nicht im Hause Huber«, beharrte Thekla auf ihrer Meinung.

*

Die Ermittlungen in der Diskothek, deren Stempel als Einlasskontrolle auf der Hand des Opfers waren, verliefen ergebnislos. Das vorgezeigte Bild des Toten wurde weder von dem Inhaber der Disco, noch von der Bedienung oder dem Türsteher erkannt. Offenbar war der Mann kein Stammgast hier. Die Überwachungskamera am Ausgang zeigte zwar, wie Lutz Huber die Diskothek um 22:02 Uhr betrat und um 01:34 Uhr wieder schwankend verließ, jedoch war niemand zu sehen, der ihn begleitete oder ihm direkt folgte.

Sybille Salz und Peter Ludwig hatten in der Wohnung und dem Umfeld des Toten ermittelt, dabei war herausgekommen, dass Lutz Huber einen zehn Jahre alten Ford Mustang für 5000 Euro gekauft hatte. Dies hatte ein Kaufvertrag gezeigt, der in den Unterlagen gefunden wurde. Wo hatte der Student so viel Geld her? Außerdem war aufgefallen, dass teure Kleidung sowie einige Armbanduhren von Breitling, Cartier,

Rolex und Tag Heuer in dem luxuriös eingerichteten Apartment vorhanden waren.

Der Wagen wurde eine Seitenstraße weiter gefunden. Als Peter versuchte ihn zu starten, kam nur ein verdächtiges Klacken aus dem Motorraum. Er schaute Sybille an und meinte:

»Motorschaden!«.

»Aber der Kaufvertrag ist doch erst vor zwei Monaten ausgestellt«, antwortete Sybille.

»Den lassen wir am besten Sicherstellen und überprüfen«, entgegnete Peter.

Auch die Uhren und der Laptop des Toten wurden zur Untersuchung mitgenommen, da den Ermittlern hier so einiges verdächtig vorkam. Es schien den beiden so, als passe es nicht zusammen, dass ein Student, der nur ein paar Stunden pro Woche in einer Bonner Disco als Türsteher arbeitete, sich solch teure Uhren und so einen Wagen leisten konnte und dann noch die Einrichtung.

Die abgehefteten Kontoauszüge ergaben, dass monatlich eingehende Zahlungen in Höhe von 1000,- Euro, vor drei Monaten eingestellt wurden. Die Mietzahlungen allerdings wurden von Huber aus Köln weiter vorgenommen.

Hatte sich der Sohn danebenbenommen und wurden deshalb die Unterhaltszahlungen eingestellt? Wie finanzierte sich denn das Opfer weiterhin dies alles hier? In einer Schublade des Nachttisches lagen neben einigen Kondomen und Bildern von verschiedenen unbekleideten Schönheiten, welche sich alle hier auf dem Bett des Appartements räkelten, auch ein Notizbuch. Hier stand öfter der Name >Harry< vermerkt. Dahinter immer Zahlen zwischen 200 und 500. Manchmal mit plus versehen, manchmal mit minus. Hier müsste wohl auch sorgfältig recherchiert werden. Wer war dieser Harry?

»Kommt einem schon alles sehr merkwürdig vor. Ich würde mir auch gerne so einen Luxus gönnen, doch bei dem Beamtengehalt kann ich mir so was nicht leisten und Huber war doch Student. Hatte der Arztpapi dies alles finanziert und warum war denn die monatliche Zahlung gestoppt?«, stellte Peter in den Raum.

»Das ist wirklich sehr seltsam. Da ist noch Recherchearbeit notwendig. Mal sehen was Thekla dazu meint«.

Der Abschleppwagen kam und brachte den Mustang zur Sicherstellung auf den Hof der Polizeiwache, zur genauen Untersuchung.

*

Bei der abendlichen Fallbesprechung wurden die Ermittlungsergebnisse zusammengetragen.

Der Ford Mustang hatte einen Motorschaden und wurde bereits mehrere Tage nicht bewegt. Er war vor zwei Monaten von einem Privatmann aus Siegburg verkauft worden ohne Gewährleistung, wie gesehen und Probe gefahren. Der Verkäufer sagte, das Opfer hätte sich bei ihm gemeldet und auf Ersatz gedrängt. Es stellte sich aber heraus, dass der Wagen wohl mit zu wenig Öl gefahren worden sei und somit der Motorschaden entstanden war. Somit war dem Verkäufer keinerlei Schuld zuzuschreiben.

Es zeigten sich im Inneren des Fahrzeuges eine Menge unterschiedlicher Fingerabdrücke sowie Spermaspuren und Blutspuren auf dem Beifahrersitz. Die DNA der Spermaspuren stammten von der Leiche. Die Blutspuren konnten nicht zugeordnet werden. Ebenfalls waren unterschiedliche Fasern und Haare gefunden worden. Robert konnte sich ein süffisantes Grinsen nicht verkneifen.

Den Namen Harry, aus dem gefundenen Notizbuch, konnte man noch nicht einordnen, jedoch hatte ein Datenabgleich der gefundenen Uhrennummern ergeben, dass es sich bei allen Armbanduhren um gestohlene Uhren aus Einbrüchen in Bonn und dem Rhein-Sieg-Kreis handelte. Was hatte Lutz, der

Jurastudent mit gestohlenen Uhren zu tun. Hatte dieser Harry mit den vermerkten Zahlen im Notizbuch damit zu tun?

Die Ermittlungsanfragen bei den Kollegen in Köln hatten ergeben, dass Thekla´s Bauchgefühl wohl doch richtig war. Herr Dr. Maximilian Huber und seine Frau Rita, waren vor einigen Monaten in Schwarzgeldangelegenheiten verwickelt. Die Kollegen wurden eingeschaltet, da im Rahmen der damaligen Ermittlungen, Frau Huber entführt wurde und ein Lösegeld gezahlt werden sollte. Kurz vor Geldübergabe sei Frau Huber allerdings wieder freigelassen worden, da der Ermittlungsdruck, wohl auch durch Einschalten der Öffentlichkeit, möglicherweise zu groß gewesen war. Leider sind die Ermittlungen nach den Kidnappern noch im vollen Gange. Die Sache mit dem Schwarzgeld würde nun vom Bereich >Wirtschaftskriminalität< gesondert ermittelt. Man wäre nun allerdings sehr an einer engen Zusammenarbeit mit den Kollegen in Siegburg interessiert. Vielleicht wären Verdachtsmomente eines Zusammenhangs mit dem Mord an Dr. Hubers Sohn erkennbar.

Diesmal lächelte Thekla in Richtung Robert, als wolle sie sagen, dass sehr wohl was an Bauchgefühlen dran ist.

»Bei all den bisherigen Ergebnissen stellt sich aber immer noch die Frage, was es mit dem gefundenen Ring auf sich hat. Handelt es sich nur um einen Zufallsfund oder ist es der Ring des Täters? Lutz Huber wies bei der Obduktion keinerlei Ringspuren an seinen Händen auf. Wir suchen nun also am besten nach einem Mann, der zwischen achtzehn und dreißig Jahre alt sein dürfte. Da davon auszugehen ist, wenn >Mausi 10.07.89< das Geburtsdatum einer weiblichen Person sein dürfte und wir im Jahre 2008 leben, ist Mausi heute neunzehn Jahre alt. Eine Eingrenzung der gesuchten Person von achtzehn bis dreißig erscheint mir als realistische Größe, sofern der Ringträger der Freund von Mausi ist. Da normalerweise bei einem Ehering der Vorname der Braut neben das Hochzeitsdatum eingraviert wird, ist bei >Mausi< davon auszugehen, dass es sich um einen Freundschaftsring mit Geburtsdatum der Freundin handelt. Wenn es allerdings ein Ehering mit einer scherzhaften Gravur ist, dann müssten wir den Täterkreis sehr weit ausdehnen. Dies kann aber erst nach weiteren Indizien und Tätereingrenzung erfolgen. Zunächst gehen wir jedoch von der >Freundschaftsring Variante< aus«.

Thekla schüttete sich ein Glas Mineralwasser in das auf dem Tisch abgestellte Glas und nahm einen langen Zug, bevor sie weitersprach:

»Weiterhin stellt sich die Frage, ob das Opfer mit anderen den Weg, entlang des Mühlenbachs genommen hatte, um irgendwo anders weiter zu feiern und es sich um einen Streit unter Alkoholeinfluss handelte oder ob der Täter dem Opfer gefolgt ist und es Heimtücke war? War das Opfer auf dem Weg zu einem Taxistand oder der Straßenbahn oder war es nur ein Herumlaufen ohne Sinn und Zweck? Was ja bei den KO-Tropfen durchaus sein kann«.

»Zum Schluss stellt sich die Frage, wer dieser Harry ist und in welcher Verbindung dieser zum Opfer steht. Schließlich war der Name in Verbindung mit Geldzahlungen zu bringen. Hier muss intensiv im Umfeld des Opfers, gegebenenfalls in der Uni recherchiert werden. Vielleicht ergeben sich auch Erkenntnisse auf den, für einen Studenten ungewöhnlich hohen Lebensstil. Das war′s für heute.“

*

David hatte beschlossen, die paar Tage bei seinem Vater auf drei Wochen auszudehnen. Er hatte Sommerferien und mit seiner Mutter konnte er im Moment nichts unternehmen, da diese Urlaubssperre auferlegt bekommen hatte. Bei Personalknappheit wegen Krankheit passiert das schon mal. David packte gerade seine Sporttasche mit sauberen Sachen, als er von unten hörte:

»David? Bist Du das?«

»Na klar, oder glaubst Du an Einbrecher in einem Bullenhaushalt?«

»Kann alles sein, was machst Du da oben?«

»Ich packe ein paar Sachen, will noch zwei Wochen bei Papa und seiner neuen Flamme in Hennef sein«.

Thekla nahm die Treppe in dem sie jeweils drei Stufen auf einmal hoch lief. Sie war sportlich und durchtrainiert. Im Keller hatte sie einige Hanteln und eine Trainingsbank aufstellen lassen. Ebenso blieb sie durch ihre Laufrunden, zweimal die Woche, jeweils vier Runden um den Michaelsberg, fit. Am Fuße des bewaldeten Michaelsberg, auf dessen Kuppel die >Abtei Michaelsberg< im elften Jahrhundert erbaut wurde und im Laufe der Jahrhunderte unter anderem als Benediktinerabtei, danach als Kaserne, später als Irrenanstalt und als Zuchthaus genutzt wurde. Ab 1914 residierte wieder der Benediktinerorden mit einigen Mönchen in dem historischen Gemäuer. Mittlerweile konnte man sich auch auf der Abtei durch einen katholischen Geistlichen, trauen lassen. Hiervon machte der Onkel von Thekla vor etwa zwei Jahrzehnten Gebrauch. Thekla erinnerte sich immer wieder gerne an dieses Fest mit den ungewöhnlichen Örtlichkeiten. Hier am Fuße des Michaelsberg verlief ein Wanderweg unter den Bäumen entlang der Wiesen, deren Abhang die Kinder im Winter zum

Rodeln einlud. Eine Runde auf diesem Waldweg hatte eine Länge von etwa 2,5 Kilometer, somit lief Thekla zweimal in der Woche etwa zehn Kilometer für ihr Fitnessprogramm. Das kam ihr schon bei so mancher fußläufigen Verfolgungsjagd zugute. Aber auch jetzt beim Treppen laufen kam sie, ohne aus der Puste zu sein, vor David zum Stehen.

»Wie? Du willst noch zu Papa?«

»Ja, er hat gerade keine Aufträge und hat mir angeboten noch zwei Wochen bei ihm zu bleiben. Es ist cool mit ihm und seiner Neuen. Wir verstehen uns prima und möchten noch einige schöne Sachen unternehmen. Haste was dagegen?«

»Nein, natürlich nicht. Nur fragen hättest du vorher können«.

»Na, das tue ich doch gerade«.

»Das Ihr Kinder immer meint das geht so einfach«.

»Mama, erstens bin ich kein Kind mehr und zweitens …«.

»Ja, ist ja schon gut. Natürlich kannst Du dahin. Kommt Dich Papa abholen?«.

»Nein, ist nicht notwendig. Ich fahr mit dem Bus nach Siegburg. Dort wartet Eva, Papas Freundin, beim Italiener, wo wir letztens auch schon essen waren«.

»Na, - das kann ja was werden«, dachte Thekla » hoffentlich kriegt der Junge nur keinen Tittenschock bei der Oberweite«.

»OK, ich ruf Papa nachher an und regle alles mit ihm«.

»Nein, ich sagte doch, es sei schon alles beredet und abgeklärt«.

Schon stand David in der Haustür und verabschiedete sich. Er wollte schon seit einem Jahr keinen Abschiedskuss mehr von seiner Mutter. Das wäre doch uncool, hatte er mal verlauten lassen.

David schien richtig aufgekratzt zu sein. Was war nur los mit ihm. Thekla griff zum Telefonhörer und wählte die Nummer von ihrem Ex.

»Bernd Lay, Malermeister«.

»Ja, hier ist Thekla. Ist es richtig, dass David ein paar Tage bei Euch…«?

»Ja, ist es. Wir dachten es tut dem Jungen mal gut, eine Weile was anderes zu erleben. Außerdem ist Jana, die Tochter von Eva, auch zu Hause geblieben und nicht in den Urlaub mit ihrem Vater gefahren. Jana ist auch vierzehn Jahre alt und geht hier ebenfalls auf die Realschule. Genau wie David in Siegburg«.

Jetzt war klar, warum David so herumdruckste und nichts erzählen wollte. Er war verliebt.

»Na dann, ich wünsche Euch eine schöne Zeit. Wenn es zu viel wird, bring ihn einfach wieder her oder ich hol ihn ab«.

»Alles klar, - Tschüss«.

Bernd war recht kurz angebunden. Ob es ihm doch noch nachhing, dass es nach fünfzehn Jahren mit der Beziehung nicht mehr klappte? Ob er doch lieber die üppige Oberweite mit einem schönen Sauerbraten an Weihnachten, so wie es bei ihnen Brauch war, wieder eingetauscht hätte? Aber das war vorbei. Austauschen ließ Thekla sich nicht, - ein für alle Mal.

Von Alonso, einem der neuen Nachbarn, hatte Thekla ein paar Eiertomaten der Sorte >San Marzano< geschenkt bekommen. Die hatte er im Garten hinter dem Haus selber gezogen. Die Tomaten waren garantiert nur mit Pferdemist, der nahegelegenen Reithalle gedünkt. Dazu holte Thekla den originalen Büffelmozzarella >Mozzarellone Aversane<, aus dem Spezialitätengeschäft am Siegburger Marktplatz, aus dem Kühlschrank. Hier stand auf der Verpackung, dass dieser Mozzarella aus Aversa, einer ehemals normannischen Grafschaft in Italien, stammt. Dies in Verbindung mit den herzhaften Tomaten, einigen Scheiben Ciabatta und einem Glas portugiesischem Rotwein, würde ihr jetzt bestimmt besonders gut schmecken. Beim Essen hörte Sie die LP von Klaus Lage mit dem Titel »mit meinen Augen«, aus dem Jahre 1986. Sie hörte gerne noch Platten mit ihrem Plattenspieler, den sie sich vor zwölf Jahren angeschafft hatte. Hier spielte sicherlich auch eine gewisse Nostalgie eine Rolle. Die neumodische Technik und der glasklare Klang, abgespielt von hochtechnisierten CD-Spielern, kam mit dem Rauschen mancher Stellen auf einer LP einfach nicht mit. Als das Lied »Faust auf Faust« erklang und Thekla in dem Refrain »..hat ihre Hand Dich umgehaun…« hörte, kam ihr zu ihrem jetzigen Ermittlungsfall plötzlich ein Gedanke. Warum sollte der Täter denn ein Mann sein? Bei den nachgewiesenen KO-Tropfen im Blut des Opfers, konnte es sich durchaus auch um eine Täterin handeln, die mit dem Eisenpfosten zugeschlagen hatte. Dann allerdings wäre der gefundene Ring nur ein Zufallsfund.

Nach dem Abendessen und der Dusche stand Thekla nun beim eincremen nackt vor dem deckenhohen Spiegel im Badezimmer. Gedankenversunken betrachtete sie ihren Körper.

»Gar nicht so schlecht«, dachte sie.

Das Hanteltraining und die Laufstrecken machten sich bezahlt. Durchtrainierte Muskeln, so gut wie kein Fett, kleiner aber fester Busen und Po, auch die Falten um ihren Mund wirkten sogar noch freundlich. Sie dachte sich, sie hätte bestimmt noch ausreichend Chancen in der Männerwelt. Auch mit ihren fünfunddreißig Jahren. Sie vermutete, so im Spiegel ihr Aussehen auf höchstens dreißig.

Noch vor dem zu Bett gehen rief sie ihre Freundin Sylvia an. Sylvia hatte auch immer Probleme abends ins Bett zu finden. Lieber las sie stundenlang spannende Bücher. Daher wählte sie die Nummer. Nach dreimaligem Klingeln ging Sylvia ans Telefon:

»Ja?«

»Thekla hier, hallo Sylvia. Ist schon zu spät zum Telefonieren?«

»Hm, ich wollte gerade ins Bett«.

»OK, ganz kurz nur. Tut mir leid, dass es mit unserem Frühstück nicht geklappt hat. War ein dringender Ermittlungsfall reingekommen«.

»Hey, ist doch nicht so schlimm. Holen wir nach«.

»Sag mal, - was hältst Du davon, wenn wir mal wieder in die Sauna in Bonn gehen würden. Einmal im Monat machen wir das doch und es wäre wieder an der Zeit, oder?«

»Gute Idee, können wir gerne am Wochenende machen. Ist Samstagabend OK für Dich, oder willst Du da was mit David machen?«

»Du, der ist im Moment ein paar Wochen bei seinem Vater. Ist wohl frisch verliebt. Das erzähl ich Dir aber dann in der Sauna«.

»Prima, also dann übermorgen gegen 19:00 Uhr am Eingang der Sauna?«

»Ich kann Dich auch zu Hause, in Bonn-Holzlar, abholen«.

»Ist ja noch besser. Dann kann ich anschließend einen Wein trinken«.

»Gut, ich freue mich. Also, ich hol Dich dann ab«.

»Prima, - Tschüss«.

Thekla war froh, ein paar Worte mit ihrer langjährigen Freundin gesprochen zu haben und die vertraute Stimme zu hören. Sie hatten sich damals bei ihren Abiturvorbereitungen näher kennen gelernt und waren seitdem wirklich beste Freundinnen. Sylvia hatte zwar schon immer nur einen Draht zu Mädels und konnte mit Männern noch nie was anfangen, das störte Thekla aber nicht. Im Gegenteil, so war das nervige Lästern über Männer wenigstens kein Gesprächsgegenstand an diesem Abend. Thekla mochte es nämlich gar nicht, wenn über andere gelästert wird, - schon gar nicht über die eigenen Männer.

*

Thekla saß am Schreibtisch ihres Büros und studierte gerade noch einmal den Weg, den das Opfer von der Disco bis zum Tatort genommen haben musste. Gab es vielleicht Tatzeugen, die sich noch nicht gemeldet hatten? War überhaupt noch jemand zum vermuteten Tatzeitpunkt unterwegs? Dies war eine ziemlich einsame Gegend, nur mit wenigen Wohnhäusern entlang der Strecke, sozusagen eine Nebenstrecke zum Bahnhof. Hier entlang des Mühlengrabens und des Kreishauses ging normalerweise in der Nacht niemand her. Der Weg und der kleine Park waren nur spärlich beleuchtet. Hier trafen sich vielleicht ab und zu ein paar Jugendliche zum Kiffen, aber es hatte doch geregnet. Also schied diese Möglichkeit wahrscheinlich auch aus.

Die Tür ging auf. Sybille kam herein und sagte, es hätte gerade eine Freundin von der Ex-Freundin des Opfers angerufen und sich erkundigt, ob es sich bei dem Zeitungsartikel über den Leichenfund, tatsächlich um Lutz Huber handele.

Thekla stand auf und nahm den Zettel an sich, den Sybille bei sich hatte.

»Pia Rauch, Josefstraße 101, Bonn-Beuel«, las Thekla laut

»Ja, das soll die Ex-Freundin des Toten sein. Die Anruferin, wohl eine Bekannte dieser Ex-Freundin, wollte ihren Namen nicht nennen«.

»Sybille, kümmerst Du Dich bitte darum? Vernehmung, Umfeld, Alibi«.

»Klar, mach ich«. Sie schloss die Türe hinter sich.

Sofort ging die Türe erneut auf. Peter Ludwig kam herein.

»Hier, sehr interessant. Es hat vor sechs Wochen eine Vergewaltigung auf dem Parkplatz der Disco gegeben, in der Huber laut Stempel auf seiner Hand, am Tatabend dort war. Hier waren KO-Tropfen im Blut des Opfers nachweisbar gefunden worden. Eine Diana Meier, 15 Jahre alt, wohnhaft hier in Siegburg, bei den Eltern«.

»Wirklich interessant. Vielleicht eine Verbindung? Kümmerst Du Dich darum?«

„OK, bin schon weg".

Kurze Zeit später ging die Tür schon wieder auf. Fred Bollenkamp, der Chef, steckte den Kopf ins Zimmer.

»Und, schon irgendwas Neues im Fall Mühlenbach?«

»Wir arbeiten mit Hochdruck daran«, entgegnete Thekla.

»Aber nicht vergessen, - ich will handfeste Ergebnisse und einen gelösten Fall«. Er schloss die Türe.

»Auch eine Art von Motivation«, witzelte Thekla. Aber als Leiterin der Soko musste sie sich nun diese Kommentare anhören.

»Na ja«, dachte sie, » Männer sind halt so«.

Wo war nur Robert? Sie wollten doch gemeinsam noch mal in die Wohnung des Toten. Vielleicht hatte man ja irgendetwas übersehen. Er ging nicht an sein Handy, - nur die Mailbox war an. Zu Hause war er auch nicht zu erreichen. Hatte er gestern

Abend mal wieder eine neue Flamme aufgetan und kam heute nicht aus deren Bett?

Gerade wollte sie ihr Büro verlassen, als ihr Robert lächelnd entgegenkam.

»T´schuldigung, aber mein Wecker«.

»Deiner, - oder von Deiner neuen Flamme?«.

»Nein, wirklich meiner. Hab vergessen die Weckfunktion einzuschalten«.

»Und Dein Handy«? fragte Thekla etwas entnervt. War es nur eine Ausrede, wie sonst auch?

Robert holte das Handy aus der Hosentasche und schaute auf das Display.

»Ups, - Akku leer«

»Na, sag das mal dem Chef. Der war eben hier und will handfeste Ergebnisse haben und kein ungeladenes Akku. Sorge bitte demnächst dafür, dass Du erreichbar bist. Du hast ja schließlich auch Kugeln in Deiner Dienstwaffe, oder«?

Robert senkte seinen Kopf. Den Rüffel musste er nun einstecken. Thekla schien geladen zu sein. Sie hatte wohl eben einen ähnlichen Rüffel bekommen.

*

Die Kriminalkommissarin Sybille Salz hatte Glück. Fast vor der Haustüre in der Josefstraße war ein Parkplatz frei. Eingebettet in Magnolienbäume waren hier Parkbuchten entlang der Straße angeordnet.

»Sehr schönes Konzept und hübsch anzuschauen«, dachte Sybille. Sie stellte ihren Renault Twingo ab, nahm die Tasche mit dem Schreibblock und überprüfte, ob ihre Dienstwaffe auch wirklich nicht sichtbar unter ihrer Lederjacke verstaut war. Sie war kurz vor der Haustüre, zuckte jedoch etwas zusammen, als die naheliegende Kirchturmuhr zur vollen Stunde schlug. Sie drehte sich automatisch in die Richtung der Kirche. Nun sah sie auch das, auf der anderen Seite befindliche. >Josef Krankenhaus<.

» Aha, - deswegen also die Magnolienbäume hier an der Straße«, dachte sie, »Um das Krankenhaus etwas aufzuwerten«. Sie trat auf die erste Stufe zum Eingang des Zweifamilienhauses. Auf der unteren Klingel stand >Hans-Werner Rauch< und darüber die Klingel war beschriftet mit >Pia Rauch<.

»Anscheinend Eltern und Tochter«, dachte sie. Sie klingelte bei Pia, so wie es die Anruferin gesagt hatte. Die Tür sprang mit einem leisen Summton auf.

»Auch gefährlich«, dachte Sybille, so ohne Gegensprechanlage einfach die Türe zu öffnen. Sie stieg die

Treppe hinauf und wurde an der Eingangstüre zur Wohnung von einer jungen Frau im Pyjama und zerzausten Haaren erwartet.

»Oh, ich dachte es sei mein Freund«, sagte Pia und verdeckte ihren Körper mit der Türe. Sie schaute nun nur noch mit dem halben Gesicht durch den Spalt zwischen Türe und Einfassung.

»Guten Morgen, Sybille Salz, Kripo Siegburg. Sind sie Pia Rauch?«

»Ja, Guten Morgen. Wollen sie zu mir oder zu meinen Eltern, unten?«

»Nein, nein, ich möchte schon zu Ihnen. Haben Sie ein paar Minuten? Es geht um Lutz Huber«.

»Lutz? Den hab ich schon mindestens drei Monate nicht mehr gesehen«.

»Darf ich reinkommen? Hier im Flur ist es schlecht zu reden«.

»Selbstverständlich. Kommen Sie rein, - ich zieh mir nur schnell was über«. Pia verschwand hastig hinter einer Türe. Vermutlich ihr Schlafzimmer.

»Sind Sie alleine?«

»Ja, ich hatte Bauchweh und bin deshalb heute früh nicht ins Büro. Nach dem Tee geht's aber schon wieder etwas besser. Mein Freund wollte vorbeikommen und ein paar Butterhörnchen mitbringen«.

»Ihr Freund?«

»Ja, Sebastian. Sebastian Schmitt. Wieso wollen Sie das wissen? Worum geht es überhaupt? Sie sagten eben, es ginge um Lutz, - meinen Ex. Gibt es neue Erkenntnisse wegen den Belästigungen gegen mich? Aber warum die Kripo? Und warum Siegburg?«

»Lutz Huber ist tot. Am Dienstagmorgen wurde er in einem offenen Kanal in Siegburg aufgefunden. Wo waren Sie denn in der Nacht von Montag auf Dienstag?«

»Ich? Wieso ich? Ich war hier bei meinen Eltern unten. Wir haben bis spät abends Scrabble gespielt, dann bin ich ins Bett. Was hab' ich denn damit zu tun?«

»Routinefragen. Kann jemand bezeugen, wann Sie ins Bett gegangen sind?«

»Äh, - ja meine Eltern. Mein Freund Sebastian war an dem Abend nicht da. Er wollte wohl kurzfristig einen Freund in Frankfurt besuchen«.

»Wo finde ich denn Ihren Freund?«.

»Sebastian? Der müsste jeden Moment kommen. Ich sagte ja, dass ich ihn mit Hörnchen erwarte«.

In diesem Moment klingelte es wieder. Pia stand auf und öffnete mit dem Türöffner die Türe.

»Hallo Schatz. Du, die Kripo ist hier. Der Lutz ist tot. Wusstest Du davon?«

»Wie, - Dein Ex? Endlich hat das Martyrium ein Ende. Nein, davon wusste ich nichts«.

»Guten Morgen. Sybille Salz. Kripo Siegburg. Wer sind Sie?«, Sybille stand jetzt neben dem Pärchen.

»Guten Morgen. Sebastian Schmitt, aus Sankt Augustin. Der neue Freund von Pia«.

»Ja, wie Sie gerade gehört haben ist Lutz Huber umgebracht worden. Kannten Sie ihn«?

»Nein. Wir wohnen, ich meine wohnten zwar beide im gleichen Ort aber gesehen hab ich ihn nie«.

»Was meinten Sie denn eben mit Martyrium?«.

»Dieses Schwein hat Pia wochenlang mit Anrufen terrorisiert und ihr nachgestellt. Der wollte unbedingt, dass sie zu ihm zurückkommt«.

Pia senkte den Kopf. Heftig nickte sie. Es wirkte fast flüsternd, als sie sagte:

»Vor drei Monaten habe ich mich von ihm getrennt. Er hatte plötzlich neue Freunde, die mir nicht gefielen. Immer viel Geld dabei und so einen ruppigen und angeberischen Umgangston. Besonders dieser Harry hat immer mit Geld um sich geschmissen und geprahlt, wie gut es ihm ging. Lutz hat mir dann einige Wochen immer wieder aufgelauert. In der

Bahn, an meiner Arbeitsstelle, beim Einkaufen, ja er war sogar bei meinen Eltern und hat auf mich gewartet. Als ich ihm sagte ich hätte einen neuen Freund und er solle endlich die Belästigungen lassen, ist er fast ausgeflippt. Er hat mich bedroht, ich solle den Neuen verlassen und zu ihm zurückkommen, sonst würde ich noch mein blaues Wunder erleben«.

Sybille drehte sich zu Sebastian um.

»Wussten Sie wo Lutz Huber wohnte?«.

»Ja, Pia hat es mir mal gesagt. Aber dagewesen bin ich nie«

»Wo waren Sie denn in der Nacht von Montag auf Dienstag?«, fragte Sybille.

»Ich? Wieso ich? Ich war unterwegs zu einem Freund in Frankfurt?«.

»In welcher Zeit und wann waren Sie zurück?«.

»Ich bin so gegen 21:00 Uhr los und war etwa um 3:00 Uhr wieder zurück«.

»Kann Ihr Freund den Aufenthalt bestätigen?«.

»Nein, als ich in Frankfurt-Niederrad ankam, war er nicht zu Hause. Er hatte unseren Termin vergessen. Ich war dann bei Mc Donald, hab' getankt, und wieder zurück«.

»Kann das jemand bezeugen? Haben Sie eine Tankquittung?«.

»Nein, - was soll das überhaupt? Bin ich jetzt verdächtig?«.

»Nur Routinearbeit. Also, haben Sie mit Karte gezahlt?«.

»Nein, in bar. Meine Karte funktioniert im Moment nicht«.

»Gut, danke, - das war es erst mal. Geben Sie mir bitte noch Ihre Adresse, wo wir Sie erreichen können«.

»Ja klar, erreichen können Sie mich am besten hier oder in der Elsa-Brandström-Str. 24. Da wohne ich, ist nicht weit von hier. Immer geradeaus«.

»Danke«.

Sybille öffnete die Türe und ging die Treppe hinab. Mitten auf der Treppe drehte sie sich noch einmal um und fragte, die in der Wohnungstüre wartende Pia:

»Ach, kennen Sie eigentlich diesen Harry näher?«

»Nee, nicht näher. Der muss wohl hier um Bonn herum irgendwo wohnen«.

»Können Sie ihn beschreiben?«.

»Ich würde sagen, so Anfang dreißig, immer gut und teuer gekleidet, gegeelte schwarze Haare. So ein Aufschneider Typ eben. Ach ja, er fährt einen roten Porsche«.

»Danke. Das war es nun wirklich. Auf Wiedersehen«.

»Lieber nicht«, hörte sie noch Sebastian leise im Hintergrund sagen.

Dann schloss Sybille die Haustüre hinter sich und stand wieder auf der Josefstraße.

»Interessante Erkenntnisse. Das wird Thekla bestimmt interessieren. Da haben wir wohl einen Tatverdächtigen. Sebastian Schmitt hatte wohl als Motiv, seine Freundin vor den Angriffen von Lutz zu schützen und er hatte kein Alibi«, murmelte Sybille als sie zum Auto ging.

Sie fuhr zurück ins Kommissariat.

*

Das polizeiliche Siegel an der Wohnungstür war durchtrennt. Aber wer hatte einen Wohnungsschlüssel? Bei Lutz Huber wurde doch sein Schlüsselbund in der Hosentasche gefunden. Es waren keine Einbruchsspuren zu erkennen. Mit gezogener Waffe gingen Thekla und Robert in die Wohnung. Gegenseitig sicherten sie sich ab, genau wie sie es immer wieder in den monatlich stattfindenden Übungen trainieren und sie es auch schon dutzende Male anwenden mussten.

Es war niemand da. Trotzdem, hier hatte jemand ganz gründlich nach etwas gesucht. Die Wäsche war aus den Schränken auf dem Fußboden verteilt. Die Bücher lagen auf dem Boden und die Schubladen waren aus den Kommoden und Nachttischchen herausgerissen worden.

»Saubere Arbeit«, sagte Robert.

»Ungewöhnlich. Obwohl der Einbrecher das Polizeisiegel gesehen hatte und doch vermuten musste, dass wir schon mal hier waren«. Thekla schien ratlos.

»Der hat was gesucht, wonach wir möglicherweise nicht gesucht haben«.

Robert schob mit dem Fuß einige auf dem Boden liegende Zeitschriften hin und her. Dazwischen waren Papiere wie Mietvertrag, Stromrechnungen, Notizen der Uni und sonstiger Schriftwechsel mit Versicherungen.

»Der Laptop fehlt und hier war doch eine Kamera und ein MP3-Player. Hier muss die Spurensicherung hin. Rufst Du mal bitte an?«. Thekla schien fassungslos. Was wurde hier nur gesucht?

»Was ist denn hier los?«

Die Wohnungstüre stand noch weit auf und der Vermieter der Wohnung war neugierig.

»Guten Tag. Sommer, Kripo Siegburg. Wer sind Sie denn?«

»Wie, wer ich bin? Müller, - ich bin der Hauseigentümer. Ich wohne hier drunter in der Wohnung. Was ist denn hier passiert? Alles durchwühlt? Nicht nur dass ich jetzt hier renovieren muss, jetzt auch noch das hier. Die Wohnung ist möbliert vermietet. Ist denn irgendwas kaputt?«

»Moment mal, Sie können hier jetzt nicht rein«. Thekla drängte Herrn Müller wieder zurück auf den Flur. Robert kam zu Hilfe.

»Wieso nicht? Ist doch meine Wohnung«.

»Die Wohnung ist polizeilich beschlagnahmt. Hier muss jetzt erst mal die Spurensicherung rein. Wer hatte denn alles einen Schlüssel für die Wohnung?«

»Na, der Herr Huber und ich. Aber ich war da nicht drin, wenn Sie das meinen«.

»Nein, das meine ich doch gar nicht. Aber irgendwie muss der oder die ja hier reingekommen sein?«.

»Mein Schlüssel liegt unten im Schrank, verschlossen in einem Umschlag. Auf der Rückseite unterschrieben von mir und Herrn Huber«.

»Darf ich den mal sehen?«.

»Na klar, ich hol ihn sofort«.

Herr Müller ging runter in seine Wohnung, um den Umschlag zu holen. Thekla wollte gerade die Türe wieder versiegeln und rief Robert zu, er möge bitte kommen. Robert rutschte auf einem Berg Papier, der am Boden lag aus und fluchte. Da entdeckte er ihn. Ein >DIN A4< großes Blatt. Eingelegt in eine Klarsichthülle. Hierauf war er ausgerutscht. Er schaute genauer hin.

»Hey Thekla, schau mal hier«, rief er zur Türe.

Thekla steckte das Polizeisiegel wieder ein und nahm das Blatt in die Hand.

»Danach haben die wohl gesucht?«

Es war die Kopie eines Schuldscheins, ausgestellt vor drei Monaten, - über 5000 Euro. Als Verwendungszweck stand da: PKW-Kauf, rückzahlbar innerhalb von fünf Monaten, jeweils 1000 Euro im Monat. Geldgeber: Harry Kubek. Geldempfänger: Lutz Huber.

»Wieso hat er sich denn Geld geliehen, wo sein Vater doch im Geld schwimmt?«, Robert schaute verdutzt.

»Na, auf den Kontoauszügen war zu sehen, dass der Vater seit drei Monaten keinen Unterhalt mehr überwiesen hat. Warum weiß ich noch nicht. Und die Kennzeichenüberprüfung des Ford Mustang hat ergeben, dass der Wagen vor drei Monaten auf Lutz Huber zugelassen wurde. Wahrscheinlich hat dieser Kubek ihm das Geld geliehen, da aber keine Zahlung mehr vom Papa kam, musste sich der Lutz wohl das Geld bei dem Kubek geliehen haben«.

»Und nun wollte der Kubek wohl sein Geld haben«, mutmaßte Robert.

»Mach mal eine Abfrage wegen dem Kubek in unserer Datenbank«, sagte Thekla.

»Hier ist der Umschlag«, mit diesen Worten kam Herr Müller wieder die Treppe hoch. Außer Atem gab er den Umschlag an Thekla.

Sie öffnete den auf der Rückseite unterschriebenen Umschlag, um mit dem Schlüssel das Schloss zu öffnen. Er passte, das heißt, es musste wohl einen Nachschlüssel geben.

»Waren Sie denn heute den ganzen Tag hier, haben Sie irgendetwas mitbekommen, ist Ihnen heute irgendetwas komisches aufgefallen?«.

»Nee, - also, ich war den ganzen Tag mit meiner Frau hier. Nur am Morgen war ich kurz bei EDEKA, hier hinten, die Straße runter, um noch >Kassler Koteletts< zu holen. Bei uns gab es nämlich heute Sauerkraut mit Kartoffelpüree, das esse ich so gerne. Ja und da fehlte noch das Kasseler. Auf dem Rückweg hätte mich fast hier am Zebrastreifen noch so ein Idiot überfahren. Der kam mit seinem roten Porsche in einem Affenzahn angerauscht«.

Thekla schloss die Türe, als Robert die Wohnung verließ. Sie versiegelte wieder mit dem Aufkleber.

»Hier darf noch niemand rein. Erst nachdem die Spurensicherung hier war und sie die Wohnung freigeben hat«, sagte Thekla.

Die Kriminalbeamten verließen das Haus als über Funk die Antwort über die Personenabfrage kam:

»Harry Kubek, 33 Jahre, wohnhaft in Königswinter, Apostelstraße 77. Kubek ist vorbestraft wegen Vergehen gegen das BTMG und Hehlerei mit Schmuck. Einbruch oder Diebstahl konnte ihm damals nicht nachgewiesen werden«.

»Hehlerei?«, Thekla schaute Robert fragend an.

»Dann waren die geklauten Uhren in der Schublade des Toten vielleicht von diesem Kubek«.

»Frag doch mal nach, ob Kubek ein Auto hat, und welches?«

Kurze Zeit später kam die Antwort.

»Auf Harry Kubek ist zugelassen: Roter Porsche Cayenne, Kennzeichen SU-KW 758«.

Robert und Thekla schauten sich gleichzeitig an.

»Da müssen wir hin!«

Thekla startete das Auto. Es ging Richtung Königswinter. Sie fuhren über die B56 bis zur A59, die von Köln über Bonn-Beuel bis zum Autobahnkreuz Bonn-Ost führte. Hier endete die Autobahn in die B42 über, bis nach Neuwied. Direkt an der B42 liegt Königswinter. Die Apostelstraße war ungefähr zwei Kilometer von der Bundesstraße entfernt. Es war eine Seitenstraße mit durchweg Einfamilienhäusern. Teilweise waren kleine Gärten liebevoll angelegt.

»Sieht gar nicht so aus, als würde hier ein Krimineller wohnen. Eher alles spießig«., murmelte Robert.

Sie hielten vor der Hausnummer 77. Hier war kein roter Porsche zu sehen. An der Klingel stand mit Hand geschrieben: Harry Kubek. Auf das Klingeln reagierte niemand, auch an den Fenstern war niemand zu sehen. Robert ging um das Haus herum. Die Terrassentür war verschlossen.

»Ausgeflogen. Sollen wir eine Fahndung einleiten?«, fragte Robert.

»Dafür ist es noch zu früh. Wir haben doch nichts, außer Vermutungen«.

Sie saßen gerade wieder im Auto, als das Handy klingelte. Es meldete sich die Kollegin aus der Kriminalwache in Siegburg.

»Hier hat gerade ein Herr Müller aus St. Augustin-Hangelar angerufen. Er hat im Briefkasten von Lutz Huber einen Schlüssel gefunden. Es muss sich um ein Duplikat des Wohnungsschlüssels von Herrn Huber handeln«.

»Sehr interessant, danke«. Thekla legte auf.

»Ich glaube, wir müssen später nochmal hierhin«.

Thekla startete das Auto. Sie freute sich schon mächtig darauf, gleich bei Fritten-Paul in Siegburg anzuhalten und eine leckere Currywurst mit Fritten zu essen. Paul machte die Currysauce selber. Sie hatte einen leicht süßlichen Geschmack und eine leichte Schärfe. Ebenso bekam er ganz spezielle Bratwürste aus dem Bergischen geliefert, nach seinem Rezept zubereitet. Auch die Pommes frites wurden extra von einem Kölner Händler aus Holland zu Paul gebracht. Es war schon ein kleines Erlebnis dort anzuhalten und zu speisen.

Sie wollten gerade wieder auf die B42 einbiegen, da kam ihnen der rote Porsche entgegen. Thekla wendete den Wagen und fuhr hinterher. Vor dem Haus Apostelstraße 77 hielten beide Wagen an.

»Herr Kubek?« rief Thekla, als dieser gerade die Haustüre aufschließen wollte.

»Ja«.

Thekla und Robert waren schnellen Schrittes bei ihm angelangt.

»Sommer, Kripo Siegburg. Das hier ist mein Kollege Hanf. Wir würden gerne wissen, ob Sie heute Morgen in St. Augustin waren«.

»Äh, nein«.

»Ihr Wagen ist gesehen worden. Sie hätten bald einen Mann überfahren«.

»Ach der, ja also, ich war doch in St. Augustin. Ist aber doch nichts passiert. Wieso dann die Kripo?«.

»Waren Sie heute Morgen in der Wohnung Huber? Was haben Sie denn da gesucht?«

»Nein, ich hab da geklingelt, hat aber keiner aufgemacht«.

»Und Sie wussten nicht dass Lutz Huber tot ist? Na ja, es ist ein Haustürschlüssel im Briefkasten gefunden worden. Sollten da Ihre Fingerabdrücke drauf sein, wissen wir dass Sie heute in der Wohnung waren. Haben Sie vielleicht die Durchschrift des Schuldscheins gesucht?«

»Ja, verdammt. Ich war da und hab genau nach diesem Schuldschein gesucht. Ich wusste doch, wenn Ihr den findet bin ich sofort verdächtig. Ich habe in der Zeitung vom Tod von Lutz gelesen und wollte damit nicht in Zusammenhang gebracht werden. Den Schlüssel hab ich mir nachmachen lassen. Er hat mir mal den Schlüssel gegeben, als ich mal eine Fete hatte und noch ein bisschen Gras zum Rauchen brauchte. Er hatte doch noch davon in seinem Nachttisch versteckt, war aber an dem Tag bereits zu blau, um selber zu fahren. Da hab ich schnell beim Schlüsseldienst den Schlüssel nachmachen lassen. Für alle Fälle. Aber mit dem Mord hab ich nichts zu tun«.

»Und Ihr Name mit den Zahlen in dem Notizblock von Herrn Huber? Und die Uhren die da lagen?«

»Uhren? Davon weiß ich nichts. Ich hatte Lutz öfter mal Geld geliehen und er hat es mir dann auch wiedergegeben. Vielleicht hat er es sich das jeweils aufgeschrieben? Weiß ich doch nicht. Verdammt noch mal, die 5000 Euro für den Mustang wollte er mir doch auch monatlich zurückzahlen und dann der Ärger mit seinem Alten. Streicht der ihm einfach die monatlichen Zahlungen. Dann geht auch noch der scheiß Motor kaputt. Geld hab ich seit dem nicht mehr gesehen. Der Loser wollte einfach nicht mehr zahlen«.

»Gut, das reicht. Herr Kubek, Sie sind vorläufig festgenommen unter dem dringenden Tatverdacht, Herrn Lutz Huber ermordet zu haben. Sie haben das Recht, die Aussage zu verweigern und sich einen Anwalt zu nehmen. Alles was Sie jetzt sagen kann vor Gericht gegen Sie verwendet werden«.

»Aber ich war es doch wirklich nicht«.

»Das können Sie nun alles dem Staatsanwalt erzählen«.

Kubek wollte abhauen, doch Robert Hanf reagierte sofort. Er drehte Kubek den Arm nach hinten und drängte ihn gegen die Hauswand. Thekla war auch sofort zur Stelle. Sie holte die Handschellen aus der Jacke und legte sie ihm an.

»Das war es denn erst mal«, sagte sie, als sie ihn zum Wagen führte

Die drei bestiegen den Dienstwagen und fuhren in Richtung Kommissariat nach Siegburg.

»Das war es wohl auch erst mal mit der Currywurst bei Paul«, dachte Thekla. Schade, sie hatte sich so sehr darauf gefreut. Aber vielleicht würde sich am frühen Abend noch die Zeit dafür ergeben. David war ja nicht zu Hause. Sie musste also nicht kochen. Ja genau, sie würde einfach doch noch zu Paul gehen. Vielleicht hatte noch jemand Lust darauf. Es war schließlich Freitag und der mutmaßliche Täter war gefasst. Dies musste jetzt zwar noch nachgewiesen werden, aber das schien doch nun recht einfach. Vielleicht legte er auch ein Geständnis ab.

*

»Die nächste Straße rechts. >An der Schlade<. Sie haben Ihr Ziel erreicht«.

Die blecherne Stimme des Navis sprach ins Wageninnere. Kriminalkommissar Peter Ludwig konnte sich nicht vorstellen, wie man früher, so etwa vor zehn Jahren, ohne diese Dinger auskommen konnte. Naja, irgendwie hat das ja wohl auch geklappt, dachte er sich.

Hier in der Hausnummer 13 wohnte also Diana Schmidt mit ihren Eltern. Peter parkte den Wagen gegenüber der Hausnummer 13, in einer der vielen Parkbuchten, die im 45° Winkel vom Straßenrand aus, angeordnet waren. Hier war es wirklich ruhig. Kein Straßenlärm der etwa einhundertfünfzig Meter entfernten Hauptstraße drang hierhin. Es war eine typische Seitenstraße in einem reinen Wohngebiet.

Ob man ihm hier wohl überhaupt Auskunft gab.

Schließlich ging es um eine Vergewaltigung nach KO-Tropfen in einem Auto. War das Opfer noch traumatisiert? War man bereit dazu, Fragen zu beantworten?

Peter Ludwig hatte zwar, wie es sich gehört, die Akte der Vergewaltigung des Mädchens durchgelesen und gesehen, dass die Kollegen immer noch fahndeten, dennoch wollte er sich ein eigenes Bild der Ereignisse machen. Da er einen ganz anderen Fall bearbeitete, suchte er nach möglichen Querverbindungen zu seinem Fall.

Er klingelte.

»Ja bitte?«. Eine Frau, schätzungsweise Ende Dreißig, öffnete die Türe.

»Frau Schmidt?«.

»Ja«.

»Guten Tag Frau Schmidt. Peter Ludwig, Kripo Siegburg, Mordkommission«. Er zeigte seinen Dienstausweis.

»Ja bitte. Was kann ich für Sie tun?«

»Frau Schmidt, es geht um die Vergewaltigung Ihrer Tochter, Diana Schmidt. Darf ich mal kurz reinkommen? Ich möchte ungerne hier an der offenen Haustüre mit Ihnen reden«.

»Ja bitte, kommen Sie rein«. Sie schaute im Flur nach oben in die Etage und rief:

»Klaus, kommst Du mal? Hier ist die Polizei wegen Diana«.

Klaus Schmidt, gebaut wie ein Hüne, etwa Ende Dreißig und circa 190 cm groß, breitschultrig und mindestens 110 Kg, kam die Treppe runter.

»Polizei, habt Ihr noch Fragen oder habt Ihr den Täter, dieses Schwein?«

»Herr und Frau Schmidt, ich komme wegen einer anderen Angelegenheit. Ich ermittele in einem Mordfall. Es wurden KO-Tropfen gefunden. Wir fragen uns nun, ob es irgendwelche Verbindungen zwischen den Tropfen und der damaligen Tat an Ihrer Tochter gibt?«.

»Ihr habt doch stundenlang mit Diana gesprochen und alles aufgeschrieben. Da stehen doch die eventuellen Verbindungen«.

»Ja schon, das hab ich auch alles bereits gelesen, nur würde ich gerne noch mal selber mit Ihrer Tochter reden. Ist sie da?«

»Nein, sie ist glaube ich bei ihrem Freund Florentin, hier ein paar Häuser weiter. Nummer 17. Florentin Larsen«. Frau Schmidt schien leicht irritiert aber auch etwas überrumpelt. Warum hatte sie so schnell den Aufenthaltsort von Diana gesagt?

Die heiße Sommerluft blies Peter ins Gesicht, als er die paar Meter zu dem Haus ging. Mindestens 33° Celsius waren es. Er lockerte die Krawatte und öffnete den obersten Knopf seines blau-rot gemusterten Hemdes. Er hatte heute zu der Jeans ein beiges Sommersakko gewählt. Eines, das weit genug war, seine >Walther PPK< im Schulterhalfter zu kaschieren. Er klingelte und hörte im Haus lautes Quieken und Gejaule, dann ging die Türe auf.

»Ja?«

»Guten Tag. Mein Name ist Peter Ludwig. Kripo Siegburg. Ist Diana Schmidt zu sprechen?«

»Kripo Siegburg? Habt Ihr das Schwein, dass…?«

»Lass mich mal«. Diana drängelte sich an ihrem Freund vorbei.

»Ja, Diana Schmidt. Sie möchten mich sprechen?«

Diana trug bei dieser Hitze nur einen kurzen Rock und ein Top. Deutlich konnte man erkennen, dass sie keinen BH trug, da sich ihr Busen unter dem sehr dünnen Stoff abzeichnete und seitliche Einblicke gewährte.

»Ja Frau Schmidt, ich …«.

»Ach nennen Sie mich ruhig Diana, ist schon okay«.

»Gut, es geht um die Vergewaltigung. Äh, eine Frage, ist das Ihr Freund?«. Er zeigte auf den Mann mit dem blanken

Oberkörper hinter ihr, der fast so groß und so muskelbepackt war, wie Dianas Vater.

»Ja, das ist Florentin. Florentin Larsen. Wir kennen uns seit zwei Jahren und sind seit einem Jahr zusammen«.

»Seit einem Jahr. Dann waren sie schon zusammen als vor sechs Wochen…?«

»Ja und, was ist denn daran so besonders. Glauben sie mir, dass ich mein Engelchen hier nicht beschützen konnte, ist mir tierisch nahe gegangen. An diesem Abend musste ich meine Mutter zu ihrer Schwester nach Oberhausen fahren und konnte nicht mit in die Disco. Wenn ich das gesehen hätte, glauben Sie mir Mann, ich hätte dem alle Knochen gebrochen und seinen Schwanz abgerissen«.

Florentin hatte sich in Rage geredet.

»Ich glaube Ihnen gewiss, dass Sie da etwas unternommen hätten«, kommentierte Peter.

»Oh ja, Florentin hätte das bestimmt zu verhindern gewusst«. Diana kuschelte sich an ihn.

»Sagt Ihnen der Name Lutz Huber etwas?«, Peter zeigte ein Bild des Toten.

»Nein, noch nie gehört«. Beide schüttelten den Kopf.

»Hat der etwa…?«, Diana nahm das Bild in die Hand.

»Das wissen wir nicht. Er hatte KO-Tropfen bei sich als wir ihn fanden. Sicherlich ermitteln die Kollegen in dem Fall nun auch in diese Richtung. Ich bin für den Mord zuständig«.

»Mord? Wann ist er denn ermordet worden?« fragte Diana ängstlich.

»In der Nacht von Montag auf Dienstag dieser Woche. Wo waren Sie denn da?« Peter schaute Florentin Larsen an.

»Eh Mann, was soll das? Schatz wo waren wir in der Nacht? Sag es ihm«.

»Na, zuerst in der Disco so bis zwölf und danach hier im Bett«. Diana grinste und schaute verschmitzt zu ihrem Freund auf.

»Waren Sie die ganze Zeit zusammen?«.

»Na klar, und wie. Wir haben schön zusammen gekuschelt«. Diana lachte.

»Nun gut. Vielen Dank und entschuldigen Sie bitte die Störung«.

»Schon gut. Sie machen ja auch nur Ihren Job. Kriegen Sie endlich das Schwein, dass meinem Schatz das angetan hat«.

Peter Ludwig drehte sich um und verließ die Beiden in Richtung Auto. Die geben sich ein handfestes Alibi. Der Typ passt mit seinen vielleicht dreiundzwanzig Jahren auch noch genau in das von Thekla umrissene Täterprofil. Obwohl die Beiden am gleichen Abend, wie das Opfer in der gleichen

Disco waren, ist hier bei dem gegenseitigen Alibi jedoch, der Täter nicht zu suchen.

Oder?

Peter Ludwig hatte ein komisches Bauchgefühl. Dies würde er Thekla aber auch sagen. Sie propagierte und verteidigte ja immer ein Bauchgefühl, wenn sie eins hatte.

*

In der abendlichen Fallbesprechung im Kommissariat Siegburg, wurden nun die Fakten gesammelt.

Da war zum einen als Tatverdächtiger der neue Freund der Exfreundin des Toten, Sebastian Schmitt. Er war angeblich zur Tatzeit Richtung Frankfurt unterwegs. Keine Zeugen.

Dann war da Florentin Larsen, der Freund eines Vergewaltigungsopfers. Ihm wäre nach dem Ausrasten während der Befragung durchaus auch ein Ausrasten zuzutrauen, wenn er jemanden mit KO-Tropfen in der Disco sehen würde, in der die Tat an seiner Freundin begangen wurde. Er hat aber ein >intimes< Alibi, dass ihm seine Freundin gibt.

Weiterhin gab es da den Harry Kubek, den Thekla und Robert vor dessen Haus festgenommen hatten, als er zu der Tat befragt wurde und einen Fluchtversuch unternommen hatte. Er kriegte noch 5000 Euro von dem Toten. Er war in der Wohnung des Toten, um Beweismaterial zu entfernen und er hatte wohl auch erfahren, dass Lutz Huber auspacken wollte, wovon er denn die letzten Monate so großzügig gelebt hatte.

Leider reichte dem Untersuchungsrichter die Beweislage nicht, um einen Haftbefehl wegen Mordes oder Totschlags auszustellen, zumal der Beschuldigte während des Verhörs gestand, dem Toten seit einigen Monaten verschiedene Uhren aus ehemaligen Einbrüchen, weshalb er eine Bewährungsstrafe bekam, als Hehlerware gegeben zu haben. Dieser hatte dann die Uhren an seine Mitstudenten verkauft und sich so teilweise seinen Lebensunterhalt gesichert. Bei seinem unrechtmäßigen Zutritt zu der versiegelten Wohnung, wollte Kubek also nicht nur den Schuldschein, sondern auch die noch zu verkaufenden Uhren an sich nehmen. Dass diese aber bereits von der Polizei sichergestellt waren, hatte er nicht wissen können.

*

Sabine schien das Bewusstsein zu verlieren. Schwindel überkam sie in immer kürzeren Abständen. Was war nur mit ihr los? Ihr Herz raste, als wenn sich die Schlagzahl verdoppelt hätte und es kurz davorstand, sich zu überschlagen. Es war, als bekäme sie keine Luft mehr, als ob sie hyperventilieren würde? Es schien, als würde sich bei jedem Atemzug ein eiserner Ring um die Brust legen. Ihre Hände krallten sich in die satinartige Bettwäsche, die sie erst gestern im Wäschegeschäft an der Oxfordstraße in Bonn gekauft hatte. Extra für den heutigen Tag sollte alles perfekt sein. Das schöne Tischtuch, welches farblich so gut zu ihrer Couchgarnitur passte, hatte sie von Mama geliehen. Ihr Lieblingsgeschirr hatte sie auf dem Esstisch mit den Weingläsern, die sie zu Weihnachten von ihrem Onkel geschenkt bekommen hatte, liebevoll dekoriert. Gott sei Dank war ihr der Lachs, den sie zu dem Wildreis mit der selbst angerührten Sauce serviert hatte, bestens gelungen. Alles war perfekt gewesen. Selbst der Weißwein, den der Händler empfohlen hatte, war ein Volltreffer.

Doch nun lag sie hier und wusste nicht wie ihr geschah. So etwas hatte sie mit ihren vierundzwanzig Jahren noch nicht erlebt. Ihr Körper bebte regelrecht und sie warf den Kopf von links nach rechts. Ihr Gesicht, ihr Hals und ihre Brust waren nass. Es war der Schweiß, der von Daniels Nasenspitze tropfte. Seit einer guten halben Stunde ließen sie wie von Sinnen ihre beidseitig aufgestaute Lust hinaus. Ein kurzes Lächeln umzog ihre Mundwinkel. Was ging ihr nur alles, in dieser sich überschlagenden Situation durch den Kopf? Ihr war nach schreien, wegen des ewigen Schmerzes den er in seiner Wildheit, verursachte. Ebenso hätte sie weinen können vor Glück, endlich einen Mann gefunden zu haben, der ihr nun all das in ihrem Leben zu geben schien, was sie sich, wie wohl jede junge Frau, gewünscht hatte. Endlich die vollkommene Liebe. Der Schmerz schien immer mehr zuzunehmen und Sabine dachte: „Hoffentlich kommt er bald". Dann jedoch fühlte sie dieses leichte, immer stärker werdende Zittern in ihrem Unterleib und sie dachte: „Hoffentlich kommt er noch nicht".

Sabines Körper bebte immer noch, als beide anschließend erschöpft niedersanken, um sich in der wohlig weichen, satinartigen Bettwäsche zu erholen. So etwas Tolles hatte sie noch nicht erlebt. Endlich ein Mann, der sie auch sexuell so richtig glücklich machen konnte und sich nicht einfach nur abreagierte und nach seinem Orgasmus einschlief. Endlich ein Mann, der sich auch im Vorfeld Gedanken über einen romantischen Abend zu machen schien und nicht sofort nach Betreten der Wohnung, die Hose fallen lässt. Endlich ein Mann, der es wert war, auch Schmerzen zu ertragen

Nachdem Sabine die halb geleerte Flasche Wein und die Gläser ans Bett geholt hatte und sich beide aus der Dusche kommend wieder ins Bett gelegt hatten, genossen sie den Wein und schliefen nach einer Weile, nachdem zwei

Badetücher die Spermaspuren im Bett bedeckten, eng aneinander geschmiegt, ein. Sabine spürte ihr Gesicht mit Küssen überdeckt, als sie am frühen Morgen aufwachte. Sie schaute in das Gesicht ihres Liebsten und strahlte ihn an.

»Ich muss ins Büro«, sagte er. »Leider habe ich vergessen, einen super wichtigen Geschäftsabschluss vorzubereiten. Wir können noch nicht einmal zusammen frühstücken. Sorry«.

Sehr schnell zog er sich an. Noch bevor Sabine sich ihren Wohlfühljogginganzug angezogen hatte, stand er schon im Flur, hauchte ihr einen Kuss auf die Wange und öffnete mit einem kurzen, »Ich ruf Dich an«, die Wohnungstüre. Dann verschwand er im Treppenhaus.

*

»Kann ich Ihnen helfen?«, hörte Sabine eine angenehm klingende Stimme fragen, während sie sich nach den gerade aus der zerrissenen Tüte kullernden Äpfeln und Birnen bückte. Es war ihr sehr unangenehm und sie hatte das Gefühl, augenblicklich zu erröten, da sie eine unangenehme Hitze über ihr Gesicht huschen spürte. Dass ihr das ausgerechnet beim Verlassen ihres Stammgeschäftes in der Bonner Fußgängerzone passieren musste. Man kannte sie dort gut. Sogar wurde sie dort bereits mit Namen angesprochen. Nun mussten doch alle denken, wie unbeholfen sie sich angestellt hatte, dass ihr die Papiertüte zerriss. Gerade ihr, die doch extra die Plastiktüte verweigerte und lieber auf die mitgebrachte Papiertüte bestand. Sabine schaute verlegen hoch. Sie spürte wie die Verlegenheit ihr etwas die Röte ins Gesicht trieb. Wem gehörte diese warme und wohltuend klingende Stimme? Es traf sie wie ein Blitz. Sie schaute in die Augen eines fremden, überaus gutaussehenden Mannes, der mit einem Leinenhemd in dezentem Pastellgrün und einem leichten naturfarbenen Leinensakko bekleidet, neben ihr in gebückter Haltung stand. In seinen braunen, tiefgründigen Augen schien sie zu versinken. Die drei Sekunden des Blickes kamen ihr vor wie eine Ewigkeit. Es schien ihr, als würde sie aufhören zu atmen und gleichzeitig spürte sie, wie ihr Herz wild zu schlagen begann.

»Ja, ich, ich weiß nicht, ich habe hier ...«

Sabine schaute auf das vor ihr liegende Obst und kam sich vor wie eine Pennälerin.

»Moment, ich hole schnell eine neue Tüte« sagte der junge Mann und verschwand in dem Geschäft, vor dem sie gerade waren. Nur Augenblicke später stand er wieder vor ihr.

»Ich glaube, die hier hält etwas besser«, grinste er, wobei er eine Plastiktüte ausbreitete.

»Eigentlich bin ich zwar auch lieber für natürliche Materialien aber bei manchem Gewicht hält eine Papiertüte einfach nicht«.

Nachdem das herumliegende Obst eingesammelt war und sich wie zufällig ihre Hände berührten, wobei es Sabine erschien als würde sie ein leichter Stromschlag treffen, fragte er: »Darf ich Sie auf den Schreck zu einem Cappuccino einladen«?

»Sehr gerne«, entgegnete Sabine lächelnd, wobei sie sich dabei ertappte, dass sie verlegen zu Boden blickte.

Ihr Herz schlug immer noch unter ihrer leichten Bluse so sehr, dass sie fast vermutete, man könne den Herzschlag durch den Stoff sehen. Was war nur los mit ihr?

Am Bonner Münsterplatz, nahe des Bioladens vor dem die beiden sich kennengelernt hatten, gab es einen amerikanischen Coffeeshop und einen Pavillon, an dem man kleine Snacks zu Mittag oder auch Kaffee und kühle Getränke zu sich nehmen konnte. Sie entschieden sich für den Pavillon neben dem Denkmal von Ludwig van Beethoven, welches bereits am 12. August 1845, zu Zeiten von Friedrich Wilhelm dem IV, enthüllt wurde. Sie nahmen unter einem knallorangen Sonnenschirm, an einem der rund dreißig Klapptische, Platz. Sabine war wie in Trance. Sie nahm gar nicht richtig wahr, was sie trank. Sie schaute nur in seine Augen und lauschte der angenehmen Stimme.

»Übrigens, ich heiße Daniel und Du«?

»Ich, ähm, ach so, ich, bin die Sabine«, stotterte sie.

»Wie tollpatschig war das denn jetzt«, dachte sie und wurde schon wieder rot.

Es hatte Sabine wie ein Pfeil getroffen. Sie hatte sich schlagartig verliebt.

*

Das war eine Woche her und nun stand sie mit Jogginghose und nacktem Oberkörper hier im Flur ihrer Wohnung und schaute wie fassungslos auf die Tür, durch die Daniel gerade verschwunden war. Sie konnte es nicht fassen. So eine heftige Liebesnacht hatte sie noch nicht erlebt und trotz der riesigen Liebe, welche sie für Daniel fühlte, ließ er sie einfach so, nach weiterer Zärtlichkeit sehnend, hier stehen.

Kopfschüttelnd ging sie ins Badezimmer, stellte die Dusche an und brauste sich minutenlang ab.

Als Sabine die Betten frisch bezogen und die Essensreste vom gestrigen Abend entsorgt hatte, dachte sie beim Abwaschen des Geschirrs daran, wie sie wohl den heutigen Abend zusammen verbringen würden. Hoffentlich würde

Daniel sich überhaupt wieder melden. Sie hatte sich beim Liebesspiel komplett fallen lassen und sich ihm völlig geöffnet und hingegeben. Mochte er das überhaupt?

*

Drittes Kapitel

Den Schuss hätte er gar nicht hören können, als die Kugel zuerst seine Windschutzscheibe und dann seine Stirn durchschlug. Das Präzisionsgewehr, ein >SIG Sauer SSG 3000 Subsonic<, des Schützen, war mit einem speziellen integralschallgedämpften System ausgerüstet, welches einer normalen Dämpfung durch einen Schalldämpfer haushoch überlegen war. Hiermit konnten sogar spezielle Hochgeschwindigkeitsgeschosse beim Verlassen des Laufes noch präziser und leiser abgefeuert werden, als ohne diesen Schalldämpfer.

Gerade hatte er an der Autobahnraststätte Siegburg-West getankt und wollte nach Bonn zu seiner neuen tollen Freundin fahren, um eine genauso heiße Nacht zu verbringen, wie vor einigen Tagen. Doch Daniel sackte in seinem Autositz des neuen Lamborghini zusammen. Den Achtzylinder Sportwagen hatte er sich vor zwei Monaten neu gekauft. Er wollte damit so manch einem Porsche oder Lotus, Paroli bieten. Blut rann aus dem kleinen Einschussloch auf seiner Stirn. Am Hinterkopf jedoch hatte das Projektil beim Austritt ein fast drei Zentimeter breites Loch gerissen. Augenblicklich entstand Chaos an der Raststätte. In Panik rannten die dort Tankenden in die Tankstelle. Die Reisenden an den geparkten Fahrzeugen, die hier ihre Rast einlegten und die Sonnenstrahlen genossen, hockten sich zwischen die geparkten Autos. Schreie hallten über den Platz, als Zielfahnder eines Sondereinsatzkommandos aus dem dort abgestellten Ford Transit stürmte. Sechs, in schwarz gekleidete Männer mit Schutzhelmen, schusssicheren Westen und Maschinenpistolen im Anschlag, stürmten zu dem Lamborghini und sicherten den Platz nach außen hin, Richtung Autobahn auf der einen Seite und angrenzendem Waldgebiet auf der anderen Seite. Ein gerade losrollender Sattelschlepper versperrte die Abfahrt des Transits, der einem eben mit durchdrehenden Reifen davonbrausendem Audi, hinterherfahren wollte.

»Verflucht noch mal« schimpfte der Einsatzleiter der Zielfahnder, wobei er mit den Händen aufs Lenkrad trommelte. Der Weg war versperrt da der LKW plötzlich stehenblieb. Der Fahrer hatte sich durch den davonbrausenden Audi so erschrocken, weil dieser ihm fast links ins Führerhaus gefahren war.

Sofort gab der leitende Beamte eine Fahndung des flüchtenden Autos über Funk durch. Als erfahrener Beamter war er darauf geschult, sich Kennzeichen binnen einer

Sekunde zu merken und wiederzugeben, so auch in diesem Fall. Bereits vier Minuten später wurde der Audi auf der A3 in Fahrtrichtung Frankfurt, in Höhe der Anschlussstelle Siebengebirge, von zwei Polizeifahrzeugen gestoppt. Völlig überrascht reagierte die junge Fahrerin, als die Polizeibeamten mit gezückten Waffen das Auto umstellten und sie aufgefordert wurde, das Fahrzeug mit gehobenen Händen zu verlassen. Mit weit aufgerissenen Augen und angesichts der auf sie gerichteten Waffen, starr vor Schreck, verließ die junge Mutter ganz langsam das Fahrzeug. Die unsanfte Behandlung bei der Festnahme und der Fesselung mit Handschellen konnte sie keinesfalls verstehen. Sie wollte doch nur so schnell wie möglich zu ihrem Kind, das sich auf der Schaukel im Garten so schwer verletzt hatte, dass es ins Krankenhaus gebracht werden musste. Das teilte man ihr bei einem Telefonat von der Raststätte Siegburg aus, mit.

Nachdem die Beamten den Audi gründlich durchsucht hatten und die Angaben der Frau über Funk, nach Recherche der örtlichen Polizei, bestätigt wurden, ließ die Anspannung der Autobahnpolizeibeamten etwas nach. Es wurde keine Waffe gefunden. Sie waren einer falschen Spur gefolgt.

Während auf der Autobahn die Fahrerin des Audis, als eventuelle Täterin des auf der Raststätte erfolgten Mordes überprüft wurde, wurde am Tatort mit Hochdruck nach einem möglichen weiteren Täter ermittelt. Die Zielfahnder hatten mit Waffen im Anschlag, sowohl das Tankstellengebäude, die Raststätte als auch alle dort stehenden Autos abgesucht. Die mittlerweile eingetroffene Verstärkung durch die umliegenden Polizeidienststellen hatten das gesamte Raststätten Gelände weiträumig abgesperrt und die Zufahrt von der Autobahn zur Raststätte blockiert. Die Ermittlungen begannen auf Hochtouren zu laufen.

Ein mit Jogginganzug bekleideter Mann schraubte sein Gewehr samt Zielfernrohr auseinander und verstaute es in einem eigens dafür vorgesehenen Rucksack. Er befand sich auf einer Anhöhe, etwa sechzig Meter entfernt zu dem Lamborghini, geschützt durch Unterholz am Rande des angrenzenden kleinen Waldes. Von hier aus führte ein schmaler Feldweg, der als Wirtschaftsweg zur Raststätte diente, nach Siegburg-Stallberg. Hier joggten oder spazierten viele Siegburger, da es hier abgeschieden von den Hauptstraßen, doch sehr ruhig war und die Luft durch die Bäume anders empfunden wurde. Der Radfahrer auf dem Mountainbike mit Jogginganzug und Rucksack fiel hier absolut niemandem sonderlich auf. Eine perfekte Tarnung. Auch fiel nicht auf, dass der Mann auf dem etwa achtzig Meter entfernten Parkplatz, den Jogginganzug auszog und wieder in die, im abgestellten Siebener-BMW deponierte

Straßenkleidung schlüpfte, den Rucksack im Kofferraum verstaute und wegfuhr. Das zuvor in der Nähe gestohlene Mountainbike ließ er zurück. Zwei in der Nähe rauchende Teenager beobachteten das Ganze. Als der BMW mit italienischem Kennzeichen außer Sichtweite war, liefen sie zu dem Rad und machten sich mitsamt dem nicht gesicherten Rad, johlend aus dem Staub.

Thekla befand sich gerade auf dem Heimweg von der Dienststelle des Kommissariats in Siegburg zu ihrem vor kurzem bezogenen Haus in Siegburg-Stallberg, als sie über Funk von dem Einsatz der Kollegen hörte.

Dort war jemand erschossen worden? Nahe ihres Wohnhauses? Sofort fuhr sie über den nahen Wirtschaftsweg, der von der Zeithstraße durch den kleinen Wald zur Raststätte führte. Die ihr entgegenkommenden Fußgänger schienen nichts mitbekommen zu haben. Sie schlenderten gemütlich durch das kleine Waldstück. Am Rastplatz, über den Wirtschaftsweg kommend, angekommen, wies sie sich bei den ermittelnden Beamten des SEK aus und erfuhr von der Tat. In dem gerade untersuchten Fahrzeug des Toten hatten die Fahnder, in einem fast übersehenen zweiten Boden des Kofferraumes, der einen zehn Zentimeter bildenden Hohlraum offenlegte, zehn ein-Kilo Pakete Kokain und etwa fünfzig Herrenuhren von edlen Marken, gefunden. Es war genau die

Ware, weswegen die Zielfahnder hinter dem Mann her waren. Sie hatten die Observation übernommen und wollten zuschlagen, wenn die Übergabe erfolgte. Anonymen Hinweisen zufolge, sollte die Übergabe hier an diesem Rasthof erfolgen. Genau deshalb war man dem Wagen bis hierhin gefolgt. Warum hier allerdings der Mord passierte und man das Kokain einfach zurückließ, konnte sich niemand erklären. Auch hatte die Personalienfeststellung, der hier befindlichen Personen, keinerlei Hinweise ergeben. Man ging anhand der Schussverletzung mittlerweile davon aus, dass sich ein Täter im angrenzenden Wald oder auf dem Hügel, auf der gegenüberliegenden Autobahnseite befunden haben muss. Es musste sich jedenfalls um einen Scharfschützen mit Präzisionsgewehr gehandelt haben. In jedem Fall war es ein Profikiller. Normalerweise würde nun nach ersten Erkenntnissen, nach einem Zugehörigen einer osteuropäischen oder sizilianischen Mafia gesucht. Weder die Bundespolizei noch Interpol hatten jedoch Hinweise darauf, dass sich zurzeit in Nordrhein-Westfalen, Menschen dieser Gruppierungen, aufhalten würden.

Da dies alles nun absolut nicht in Thekla´s Zuständigkeitsbereich fiel, wollte sie sich gerade wieder verabschieden. Plötzlich fielen ihr jedoch wieder die im Auto gefundenen Uhren ein. Sie schaute sich die Marken noch einmal an und stellte Parallelen zu den gefundenen Uhren von Harry Kubek fest. Den Mann, den sie eben nach richterlichem Beschluss wieder auf freien Fuß gesetzt hatte. Es bestand keine Verdunkelungsgefahr. Das Beschädigen des Amtssiegels und das unrechtmäßige Betreten der Wohnung, um nach den restlichen Uhren und dem KFZ-Brief des Mustangs zu suchen, hatte er eingeräumt.

Auch das Bonner Kennzeichen des Lamborghinis könnte auf einen kausalen Zusammenhang der Täter, vielleicht sogar des Siegburger Mordes, hinweisen.

Es hatten sich also erweiterte Spuren im Hinblick auf einen Tatverdächtigen ihres Falles ergeben, denen sie nachgehen würde. Dies jedoch immer in Absprache mit dem Landeskriminalamt, welches federführend die Observation des

Lamborghinifahres, Daniel Moreno, den Handel mit Kokain und anderem Diebesgut, durchführte.

*

Thekla setzte sich zu Hause angekommen ins Wohnzimmer in ihren Lieblingssessel. Ein Ohrensessel, so wie ihn bereits ihr Opa früher hatte. Lange hatte sie auf Antikmärkten nach genau so einem Sessel gesucht, bis sie ihn auf einem

Antikmarkt in Meckenheim-Merl endlich erstand. Sie schenkte sich ein Glas Rotwein ein. Es war spät geworden und sie sinnierte über den Fall der Wasserleiche, der sich doch als komplizierter zu erweisen schien, als zunächst vermutet wurde.

Sie dachte intensiv über die Ergebnisse, welche die Ermittlungen ihrer Kollegen und ihr selbst bisher erbracht hatten, nach. Ihre Unterlippe schmerzte als sie merkte, dass sie schon eine Weile auf ihr herum knabberte. Dies war eine Unart, welche sie sich bereits im Studium angewöhnt hatte, als sie den Dozenten bei den spannenden und verworrenen Fallbeispielen und skrupellosesten Kriminalfällen lauschte und sich in die jeweiligen Fälle hineindachte um einer Lösung nahe zu kommen. Bereits ihr Exmann meinte immer scherzhaft, wenn er sich die Lippen beim Streichen der Wohnungen so aufbeißen würde und Blut in die Farbe tropfen würde, hätte er bald keine Kundenaufträge mehr.

Thekla musste unbedingt der Freundin den Saunabesuch absagen. Der Fall der Siegburger Wasserleiche war zu kompliziert geworden, als dass sie sich einen Tag Auszeit in der Sauna gönnen konnte. Sie nahm das Telefon zur Hand und wählte Sylvias Nummer.

»Ja bitte?«

»Hallo Sylvia«, meldete sich Thekla, »hier Thekla, Du, es tut mir leid, aber ich muss unseren morgigen Saunabesuch absagen. Wir stecken ziemlich in Ermittlungen zu einem Fall fest. Ich glaube, ich könnte mich nicht richtig entspannen und wäre keine gute Unterhaltung in der Sauna. Tut mir wirklich leid, aber können wir die Verabredung verschieben, oder möchtest Du alleine gehen?«

»Oh, dass trifft sich gar nicht mal so schlecht. Meine Mutter hat sich für nachmittags angesagt, so hab ich für die Vorbereitung des Essens etwas mehr Zeit. Ich hatte mich zwar sehr gefreut, Dich endlich wiederzusehen, aber wenn wir es um ein bis zwei Wochen verschieben, wäre ich eigentlich erleichtert«.

Beide kicherten nun ins Telefon, als sie merkten, keine wollte die andere so richtig verletzen und Beide wollten die andere wiedersehen. Sie redeten noch etwa zwanzig Minuten miteinander, doch der anstrengende Tag und das zweite Glas Rotwein zwangen Thekla dazu, das Gespräch zu beenden.

Müde zwang sich Thekla dazu, das Glas in der Küche abzustellen und die verschlossene halbleere Flasche im Kühlschrank abzustellen. Sie löschte das Licht und ging die Treppen nach oben ins Badezimmer. Zum Duschen war sie zu müde aber zum Abschminken und Zähneputzen raufte sie sich auf. Ausziehen und ins Schlafshirt machte sie wie in Trance. Kaum lag Thekla im Bett, als sie ein tiefer Schlaf übermannte.

*

Der Ringfinger bereitete ihm unsägliche Schmerzen. Das Blut staute sich an dem zwei Nummern zu kleinem Ring, sodass der Finger sehr dick wurde. Was sollte er denn nur tun. Er konnte doch nicht einfach seiner Frau sagen, er hätte den Ring verloren. Die Schmerzen waren allerdings so stark, dass er sich den Ring mit einem Seitenschneider aufschnitt. Zwar verletzte er sich dabei so, dass Blut aus einer kleinen Schnittwunde austrat aber das war nun auch schon egal. Er bog den Ring mit einer Zange auseinander. Endlich, - der Schmerz ließ sofort nach.

»Gott sei Dank«, dachte er.

Als die Blutung gestoppt war, bog er den Ring so, dass etwa zwei Millimeter Platz zwischen den Schnittstellen war. So musste es gehen. Er musste nur darauf achten, dass die Schnittstelle immer unterhalb des Fingers an der Seite der Handinnenfläche war.

Diese Lösung musste fürs erste reichen.

Viertes Kapitel

Es war im Jahre 1974, als Philipp gerade zwölf Jahre alt war. Er wohnte in der Eifel, in der Nähe vom Nürburgring, dort wo die Vulkane ruhen. Philipp lebte mit seinen Eltern und seiner sechsjährigen Schwester namens Adelheid, in einem kleinen Holzhaus am Rande des Waldes, welcher in der Region an der >hohen Acht< gelegen ist.

Er war zufrieden mit seiner Umgebung, seinen Freunden, seiner Familie, seiner Schule und seinem Goldhamster namens >Hamsti< – den er sehr liebevoll pflegte, seinen Käfig säuberte und immer fütterte. Er wusste, dass Hamsti sehr auf die Versorgung durch Philipp angewiesen war. Es war eine richtige Freundschaft zwischen dem Goldhamster und dem Jungen entstanden. Eine echte, wahre Freundschaft, wie sie nur unter guten Freunden möglich war. Hamsti mochte es sehr, wenn Philipp ihn am Bauch kraulte, dann quickste er immer vergnügt. Neben seinen Interessen, wie Pilze sammeln, mit Freunden Fahrrad fahren und in seinem Baumhaus vom >groß werden< träumen, hatte Philipp ein eher seltenes Hobby, für einen Jungen aus der Eifel.

Er fuhr überaus gerne mit seinem Kanu. Philipp bestand immer darauf, daß man »Kanu fahren« sagte und nicht »Kanu paddeln«, denn, obwohl das Kanu keine Räder hat, fährt man mit ihm auf dem Wasser. Na ja, eigentlich schwimmt das Kanu ja, aber Philipp bestand nun mal darauf, dass man »Kanu fahren« sagt.

Bei schönem Wetter, wenn auch sein Vater Zeit hatte, fuhren sie mit dem Anhänger am Auto von Philipps Vater Heinrich, mit den zwei Kanus. Der Vater fuhr gerne zum nahegelegen Ulmer Maar, einem erloschenen Vulkankrater, welcher voll Wasser gelaufen war. Das Wasser war zwar auch im Hochsommer tierisch kalt, aber man fuhr ja nicht zum Schwimmen dorthin,

sondern zum .... !   Ja, genau, zum Kanu fahren !!!

Genau an einem solch schönen Sonntagmorgen, als die beiden mal wieder bei schönem Sonnenschein auf dem Wasser mit ihren Kanus fuhren, kam Philipp eine fantastische Idee, die er seinem Vater beim Anlegen am Ufer erzählte. Beide wollten das dann zu Hause noch weiter vertiefen und planen.

Sie wollten an einem Samstag im Juni früh morgens aufbrechen und mit den Kanus den Rhein hinunterfahren. Dies würde die bisher spannendste Reise im Kanu, für Philipp werden.

Angefangen in Bad Breisig, einem kleinen Ort am Rhein zwischen Bonn und Koblenz, bis nach Düsseldorf, sollte die Fahrt gehen.

----- TOLL -----

Nach einigen Wochen des Wartens, die Philipp ewig lang vorkamen, war nun endlich das Juniwochenende gekommen, an dem es losgehen sollte. Die Wettervorhersage für diesen Samstag versprach herrlichen Sonnenschein. Ganz früh morgens wurden Brote geschmiert, der Nudelsalat verpackt, die Getränke verstaut und alles in Kühlbehälter gelagert. Am Abend vorher hatte Philipp mit seinem Vater die beiden Kanus auf dem Dach des PKW's in dem entsprechenden Ständer befestigt und alles gut mit Seilen verzurrt. Weil die Mutter nicht gerne mit dem Kanuanhänger fuhr, hatten sie sich für den Dachständer entschieden.

Nun, an diesem Morgen, war es also so weit. Philipp, sein Vater und seine Mutter bestiegen das Auto mit den Kanus auf dem Dach. Der Vater befuhr die Landstraße vom Nürburgring über Königsfeld, Niederzissen, Sinzig, bis nach Bad Breisig. Hier ließen sie die Kanus vom Vater und Philipp zu Wasser, er hatte ein blaues Kanu, da Blau Philipps Lieblingsfarbe war - mit zwei hellroten nebeneinander verlaufenden Streifen über dem vorderen Teil und einer kleinen roten Schrift mit seinem Namen.

Der Plan vom Tag war so, dass die Zwei nun losfahren wollten und gegen Nachmittag in Düsseldorf ankommen wollten. Dort sollte dann die Mutter mit dem Auto warten und die Kanus mit Philipp und dem Vater wieder nach Hause fahren.

----- Doch es sollte anders kommen. -----

Nachdem sich nun alle voneinander verabschiedet hatten, was Philipp endlos vorkam, da er endlich losfahren wollte, stiegen sie ins Kanu in dem sich der Proviant des Tages befand. Und los ging es.

Es war ein tolles Gefühl, endlich auf einem fließenden Gewässer zu fahren, anstatt immer nur auf einem See oder Maar aber auch ganz schön gefährlich. Die großen Schiffe, die teilweise sogar aus Holland oder noch weiter her, kamen, nutzten die Mitte des Flusses für sich und ein Fahren mit dem Kanu war nur am Flussrand möglich und erlaubt.

Jedes Mal, wenn so ein großes Schiff vorüberfuhr, kamen die Wellen bis ans Ufer und die Kanus ritten auf den Wellen, als würde man holprig auf einer Kuh reiten, nicht so ruhig wie auf einem Pferd. Philipp hatte Spaß dabei.

Zu Philipps Freude waren viele andere junge Leute auch mit ihren Kanus unterwegs, ebenso kleinere Motorboote, auf denen ebenfalls Väter mit ihren Söhnen einen Ausflug unternahmen. Philipp sah Möwen, Enten, Gänse, Fischreiher, Tauben, Krähen und andere Vögel. Er sah im Wasser eine Menge Fische in unterschiedlichen Größen und Farben. Wie verzaubert genoss Philipp all die neuen Eindrücke. Andere Kanus, Motorboote, die großen Schiffe und die vorbeifahrende Wasserschutzpolizei, die auf dem Rhein für Ordnung sorgt, genauso wie die Streifenwagen an Land, fand Philipp extrem spannend.

Bei alledem musste Philipp jedoch sehr Obacht geben, wohin er mit seinen Paddeln das Kanu lenkte, wenn die Wellen kamen. Sie fuhren von Bad Breisig aus, vorbei an Remagen und Bonn bis kurz vor Köln. Dort legten sie an einer flachen Stelle am Rheinufer an und aßen die mitgenommenen Speisen. Philipps Vater machte ein kleines Lagerfeuer aus Holzresten, die der Rhein im Laufe der Zeit ans Ufer geschwemmt hatte. Er legte dazu einige größere Steine in Kreisform an und entzündete die Holzstücke mit etwas trockenem Reisig in der Mitte der Feuerstelle. Philipp fühlte sich großartig. Das war die schönste Abenteuerreise, die sein Vater bisher mit ihm unternommen hatte. Nachdem sie sich gestärkt und ausgeruht hatten, löschte Philipp das Feuer mit dem Wasser des Rheins. Das Paddeln und das stete Fahren am Ufer entlang war anstrengend.

Die Essensreste wurden wieder im Kanu verstaut und die Abfälle mit dem Papier und den Plastiktüten in den nahegelegenen Papierkorb geschmissen. Nun ging es weiter. Sie fuhren entlang der Stadt Wesseling, wo das Öl in Benzin verarbeitet wird und wo auch Teer für die Straßen produziert wird. Das Öl kommt aus Hamburg und Bremen in dicken Rohren sogenannten Pipelines unterirdisch über viele hundert Kilometer bis nach Wesseling. Eine lange Strecke, nur durch Rohre gepumpt, nachdem es in Hamburg und Bremen aus riesigen Ölschiffen die über das Meer kommen, entladen wurde. Die Kanufahrt ging weiter durch Köln, der Rhein fließt mitten durch Köln vorbei an Leverkusen, Monheim, bis endlich Düsseldorf erreicht wird.

Nun war der frühe Nachmittag und die Planung der Ankunft genau eingehalten worden. Sie verließen den Rhein am Ufer unterhalb einer Brücke, die als Treffpunkt mit der Mutter ausgemacht war. Eigentlich sollte die Mutter dort bereits mit dem Auto warten, jedoch war noch nichts von ihr zu sehen. Deshalb gingen Vater und Sohn zu einer Gruppe Kinder, die auf den Rheinwiesen Fußball spielten, um dort ein wenig mitzuspielen.

Auf dem Weg zu den anderen Jungen, fand der Vater oberhalb der Rheinwiesen auf einem Gehweg eine Telefonzelle. Er wollte sich nach dem Verbleib seiner Frau erkundigen, in der Hoffnung, sie zu Hause noch anzutreffen. Er erfuhr, dass der Automotor defekt sei und der Wagen in die Werkstatt geschleppt worden war. Die Mutter könne leider unmöglich kommen. Da es Samstag war, konnte der Wagen erst am Montag repariert werden. Wie sollten nun Philipp und sein Vater mit den beiden Kanus nach Hause kommen?

Der Weg zurück über den Rhein, gegen den Strom flussaufwärts wäre viel zu anstrengend, zumal es zurück bis Bad Breisig mehr als sechzig Kilometer waren. Beide waren auch zu erschöpft um weiter zu paddeln.

Was sollten sie nun machen?

Vielleicht mit dem Zug fahren? Doch die Kanus waren viel zu lang und passten gar nicht ins Zugabteil. Vielleicht nähme sie ein freundlicher Autofahrer mit zurück in ihre Richtung, aber was sollten sie mit den Kanus machen? Beide suchten angestrengt nach einer Lösung, doch so sehr sie auch überlegten, es fiel ihnen nichts Vernünftiges ein. Sie konnten die Kanus nicht alleine am Fluss liegen lassen und erst ein paar Tage später mit dem Auto abholen.

Wie sollte es nun weitergehen?

Als die beiden am Rheinufer so saßen und überlegten, schauten sie gedankenversunken über den Rhein bis ans andere Ufer, über die Rheinwiesen, bis zum Fußballstadion, das sich ein wenig flussabwärts befand. Auf einmal, wie ein Geistesblitz, hatte Philipp die vielleicht rettende Idee.

In diesem Jahr fand in Deutschland die Fußballweltmeisterschaft statt und gerade heute spielte die Deutsche Nationalmannschaft in Düsseldorf gegen den Gegner aus Belgien. Vor dem Stadion sah man viele Busse stehen, auch den Mannschaftsbus der Nationalmannschaft von Deutschland. Philipps Vater wusste, dass sie heute in Düsseldorf spielten und zwei Tage später in Frankfurt spielen würden.

Als er davon seinem Vater erzählte, bestand Philipp darauf, als letzten Rettungsversuch, seinen Plan umzusetzen und mit dem Vater zum Bus zu gehen.

Als sie dort ankamen, war gerade das Fußballspiel zu Ende und die Spieler kamen gerade zum Bus zurück. Philipp bekam große Augen, denn da kamen sie alle, Paul Breitner, Gerd Müller, Uli Hoeneß, Günter Netzer, Sepp Maier und all die anderen. Philipp fasste sich ein Herz und sprach alle vor dem Bus an. Er erzählte von der Kanufahrt, von seinen spannenden Eindrücken, dem Lagerfeuer am Rhein, der Ölfabrik in Wesseling, den Jungen, die am Rhein Fußball spielten und, - ja, - auch von dem Motorschaden an dem Auto, mit dem die Mutter sie abholen wollte.

Da die Kanus nicht ins Zugabteil passen würden, wolle er die Mannschaft fragen, wann sie nach Frankfurt fahren würden, da dort das nächste Spiel stattfindet. Der Busfahrer sagte ganz verwundert, dass sie eigentlich gleich losfahren wollten. Da leuchteten Philipp's Augen freudig und lächelnd fragte er, ob man die Kanus nicht auf dem langen Busdach festmachen könne und Vater und Sohn mitfahren könnten? Die Fahrt von Düsseldorf nach Frankfurt führt über die A61 an Niederzissen vorbei. Dort könne man an einem Rastplatz anhalten und das Kanu vom Dach holen. Die gesamte Fußballmannschaft fand das ganz komisch und hielt dies für einen tollen Witz. Sie lachten alle ganz laut und heftig darüber. Dieser Junge hatte Herzblut, er erreichte die Fußballspieler mit seiner kindlichen ehrlichen Art.

Als sie mit Lachen fertig waren und wieder auf Philipp sahen, merkten sie, dass der Junge keinen Witz machte, sondern seine Frage ganz ernst meinte, weil er wieder nach Hause zu seiner Mutter, seiner Schwester und seinem Goldhamster wollte. Das fragende Gesicht dieses liebenswerten Jungen erreichte nun auch den Trainer der Mannschaft, es dauerte nicht lange bis Helmut Schön sich kurz mit den anderen zurückzog um sich kurz zu beraten. Als sie wieder zu den beiden zurückkamen, grinsten alle übers ganze Gesicht und teilten Philipp mit, dass seine Idee ganz toll wäre und sie es genauso machen wollten, wie er vorgeschlagen hatte. Hamsti, der Goldhamster müsse ja schließlich am Abend von Philipp gefüttert werden und die kleine Schwester Adelheid könne das nicht so richtig.

Mit zwei großen Leitern wurden nun die Kanus auf den Mannschaftsbus gehoben und mit langen Seilen festgebunden. War das ein Menschenauflauf um den Bus herum. Ganz viele Fans der Mannschaft, die später dann gegen Holland im Endspiel Fußball-Weltmeister werden sollten, standen da und lachten und klatschten Beifall, als endlich die Kanus auf dem Dach waren und alle eingestiegen waren. Der Bus setzte sich in Bewegung.

Unterwegs bekam Philipp von allen Spielern Autogramme, einen Fußball und sogar noch ein Trikot geschenkt. Ein noch viel größeres Geschenk allerdings war es, als der Mannschaftskapitän fröhlich mitteilte, dass sich die komplette Mannschaft entschlossen hätte, von der Autobahn abzufahren und die beiden Gäste mit den Kanus bis nach Hause zu fahren. Es heißt beim Fußball wirklich Mannschaftskapitän, genau wie der Kapitän für Schiffe oder Boote, auch wenn auf dem Spielfeld nur Wasser ist wenn es regnet. Voller Freude dass alles so ein schönes Ende genommen hatte, kamen sie in dem kleinen Heimatort in der Eifel an. Zwar musste der große Bus ganz langsam durch die engen Straßen fahren, aber er schaffte es bis vor die Haustüre von Philipp. Dort wartete schon die Mutter mit einem großen Tablett Kuchen und Kaffee, für die komplette Mannschaft. Philipps Vater hatte von einer Telefonzelle aus, seiner Frau von unterwegs berichtet. Auch alle Nachbarn des Dorfes waren da, denn es war etwas Besonderes, die *Nationalmannschaft mit dem tollen Teambus aus dem Jahre 1974 im* Ort zu Besuch zu haben und auch noch mit zwei Kanus auf dem Dach. Als nun die Kanus abgeladen werden sollten und Philipp auf der Leiter stand um sein Kanu mit anzufassen, wackelte die Leiter.

Erst nur ein wenig, dann immer heftiger.

Das Wackeln wurde immer stärker und auf einmal hörte Philipp seine Mutter laut rufen.

»Philipp,.... Philipp,.....Haloooo Philipp... !!!!«.

»Du musst aufwachen.... und zur Schule gehen.....!!!«.

Philipp öffnete seine Augen und musste verschlafen feststellen, alles war nur

ein Traum !!!!!!!!!!!!!!!!.

Laut hupte der Bus vor dem Haus.

»Wie, um diese Uhrzeit schon der Schulbus? Da muss sich Philipp aber beeilen«. Der Bus hupte erneut. Diesmal sogar zweimal hintereinander.

»Wo bleibt denn Philipp? Wieso eigentlich Philipp, mein Sohn heißt doch David«. Der Bus hupte erneut, sehr intensiv. Sehr irritiert wachte Thekla auf. Sie schaute sich im Zimmer um.

»David muss doch zur Schule«, dachte sie.

»Wieso Schule? David hat doch Ferien«. Der Bus hupte erneut.

Schlaftrunken torkelte Thekla zum Fenster. Es war gar kein Schulbus, sondern ein Lastwagengespann einer Umzugsfirma. Ein falsch abgestelltes Auto versperrte die ohnehin schon enge Straße dieses Wohngebietes.

Thekla musste lauthals lachen. War sie doch selber aus einem Traum erwacht.

Sie ging unter die Dusche und brauste sich kalt ab.

»In diesem Sommer sind sogar die Nächte tropisch heiß«, dachte sie, denn obwohl sie nur einen Slip getragen hatte, war sie nass geschwitzt.

»Oder lag es an dem Traum«, überlegte sie. »Was hatte der Traum eigentlich zu bedeuten? Warum träumte sie den Traum eines Traumes? War Philipp sinnbildlich ihr Sohn David? Hatte David etwas zu verarbeiten? Vielleicht sogar die Beziehung zu seinem Vater?«

Thekla trocknete sich ab. Doch die Gedanken nahmen kein Ende.

»Hatte der Traum vielleicht sogar mit ihrem Mordfall und der Wasserleiche zu tun? Sollte sie vielleicht klarer auf die Details schauen, wie Philipp in dem Traum auf die verschiedenen Fische im Wasser, bei der Kanufahrt?«

Die Gedanken schossen wirr durch ihren Kopf, bei dem Versuch der Traumanalyse.

*

Sie gingen bereits seit fast drei Stunden durch die Menschenmenge. Warum hatte er sich nur darauf eingelassen und zugestimmt, seine Frau bei dem Einkaufsbummel zu begleiten. Sie wollte mal wieder in Köln über die überaus bekannten Einkaufsstraßen der >Schildergasse< sowie der >Hohe Straße< bummeln und shoppen. Ihre Tochter wollte Gott sei Dank nicht mit. Es hätte wahrscheinlich sehr viel länger gedauert. Als er Ausschau nach einem Imbiss oder wenigstens einem Café hielt, musste seine Frau zum x-ten Mal an einem der unzähligen Schmuckgeschäfte halt machen, um die Auslage zu bewundern.

Es durchzuckte ihn, als er sie sah. Dort lagen die Ringe, die sie sich damals als Verlobungsringe ausgesucht hatten. In Bonn waren sie leider nicht mehr in seiner Größe zu haben.

Deshalb quälte er sich mit dem viel zu engen, aufgesägten Ring, der als Ersatz für den verlorengegangen diente, herum.

Als sie beim weiteren Bummeln in ein kleines italienisches Restaurant einkehrten und gerade bestellen wollten, sagte er zu seiner Frau:

»Bestell Du schon mal. Ich muss kurz nochmal zu einem Geschäft zurück. Dort habe ich eine kleine Überraschung für Dich gesehen, die ich Dir gerne holen möchte«.

Neugierig kam die Frage:

»Eine Überraschung für mich. Toll, was soll es denn sein?«.

»Dann ist es doch keine Überraschung mehr«, murrte er zurück.

An dem Schmuckladen angekommen, ging er sofort hinein. Der Laden war voller Menschen, er wurde von einer sehr jungen Verkäuferin freundlich begrüßt.

»Da draußen im Schaufenster haben sie diese Ringe liegen«. Er zeigte seinen Ringfinger.

»Meine Hände sind im Laufe der Jahre sehr angeschwollen, sodass ich den Ring bereits auseinanderbiegen musste«, er schmunzelte, »und nun würde ich gerne einen neuen Ring haben wollen, der auch wieder richtig passt. Haben Sie den Ring in meiner Größe auf Lager?«

»Darf ich mal sehen?«, fragte die Verkäuferin.

Unter Schmerzen drehte er sich den Ring vom Finger, da die Schnittwunde noch nicht ganz verheilt war dann aber hielt er ihn der Verkäuferin hin.

»Oh ja, - der ist ja wirklich zwei Nummern zu klein. Ich geh mal nachschauen«.

Nach einigen Minuten kam sie lächelnd wieder.

»Sie haben Glück. Ich habe noch einen in Ihrer Größe gefunden. Das Modell ist ja schon älter, aber Ihr Ring ist erstaunlich gut behandelt worden, sieht fast wie neu aus«.

Er lächelte verlegen. Was sollte er ihr auch sagen? Er konnte ja schlecht zugeben, dass er diesen Ring erst vor kurzem, obwohl viel zu klein, in Bonn gekauft hatte.

»Tja«, sagte er, »meine Frau achtet eben auf gute Pflege. Nicht nur bei mir, sondern auch bei den Eheringen«.

Er bezahlte und wollte gerade wieder gehen, da fiel ihm ein, dass er von einer Überraschung gesprochen hatte.

»Haben Sie vielleicht noch ein kleines Herz als Anhänger? Vielleicht auch eine passende mittellange Kette?«

»Schauen Sie mal hier drüben, hier haben wir eine Auswahl an Anhängern«. Die junge Frau ging an eine der vielen Glastheken und zog eine Schublade heraus. Schnell war die Auswahl getroffen und frohen Mutes verließ er das Geschäft.

»Endlich wieder ein angenehmes Gefühl am Finger«, dachte er, als er das Restaurant betrat, in dem sich seine Frau bereits über den leeren Teller beugte. Sie hatte sich >Tortellini a la Panna< bestellt und bereits verspeist.

»Da bist Du ja endlich. Ich hatte so einen Hunger und hab schon alles aufgegessen«, entschuldigte sie sich.

»Ist nicht so schlimm«, entgegnete er. »Ich konnte mich in dem Geschäft nicht so schnell entscheiden. Es soll Dir ja auch gefallen«.

»Was ist es denn? Zeig mal!«

»Nicht so schnell. Bis zuhause wirst Du Dich schon noch gedulden müssen«, wehrte er sie ab.

Nun bestellte auch er sich etwas zu essen und ein großes Glas Kölsch.

Fünftes Kapitel

Es klingelte an der Tür. Erst einmal, kurz darauf zweimal. Sabine drehte sich im Bett um und blinzelte in Richtung des Radioweckers. >08:01< war zu lesen.

»Wer um Gottes Willen klingelt am Samstagmorgen so früh an der Wohnungstüre?«, dachte sie.

»Daniel!«, rief sie erfreut. Er hatte sich bereits drei Tage nicht gemeldet. War er es, der nun unangemeldet vor der Türe stand? Nackt wie sie war, lief sie zur Türe und schaute durch den Türspion. Da stand eine Frau, Mitte Dreißig, blondes halblanges Haar, hochgeschobene Sonnenbrille. Sabine kannte diese Frau nicht und rief stockend:

»Moment bitte«.

Sie lief zurück ins Schlafzimmer und nahm ihren aus Seide bestehenden Morgenmantel. Als sie die Türe öffnete, fragte sie:

»Ja bitte?«

Die blonde Frau fragte:

»Sabine Jabosch?«.

»Ja«, antwortete Sabine.

Die Frau vor der Türe nickte demonstrativ nach rechts in die Flurecke des Treppenhauses, die Sabine nicht einsehen konnte.

Blitzschnell stürmten vier ganz in schwarz gekleidete und mit Sturmhauben verhüllte Männer eines mobilen Einsatzkommandos in die Wohnung. Zu Tode erschrocken wich Sabine zurück und schaute den Männern nach, die sich mit gezogenen Pistolen, wie abgesprochen in den einzelnen Räumen postierten. Aus allen Räumen hörte man ein lautes: »Sauber«.

Dann stellte sich die blonde Frau, die vor der Türe stand, vor.

»Vera Kluge, LKA Wiesbaden«. Sie hielt ihren Dienstausweis in Sabines Augenhöhe.

»Sie kennen Daniel Moreno?«

»Ja, das ist mein neuer Freund, - aber...«, Sabine zeigte in ihre Wohnung, »was soll das hier?«

»Herr Moreno ist gestern an der Autobahnraststätte Siegburg-West einem Tötungsdelikt zum Opfer gefallen. Wir observierten ihn bereits mehrere Monate, da er im Verdacht stand, größere Mengen Kokain sowie Hehlerware, wie Uhren und Schmuck im Rhein-Sieg-Kreis, vertrieben zu haben. Hier haben wir einen Durchsuchungsbeschluss für Ihre Wohnung, da wir nicht ausschließen können, dass hier ein Zwischendepot besteht«.

»Wie?«, fragte Sabine, »wird meine Wohnung jetzt durchsucht?« Sie stürzte ins Schlafzimmer, wo einer der Beamten gerade den Bettkasten durchsuchte. Der Schrank schien bereits kontrolliert worden zu sein, da die Türen offen standen. Fassungslos drehte Sabine sich um. Die Kommissarin stand hinter ihr.

»Wir müssen alles durchsuchen«, versuchte die Beamtin achselzuckend die Sache zu bagatellisieren.

»Was ist denn überhaupt geschehen?« Sabine weinte.

»Wieso Daniel, wieso Kokain, wieso tot?«

Die Kommissarin setzte sich zu Sabine auf´s Bett, auf dem sie sich wie ein Häufchen Elend zusammengekauert hatte.

»Die Abteilung >organisierte Kriminalität< des LKA Wiesbaden observierte Ihren Freund bereits seit mehreren Monaten. Er bekam, wahrscheinlich von der russischen Mafia aus Berlin, Kokain in größeren Mengen, um diese hier im Rheinland an Händler zu vertreiben. Wir waren ihm auf der Spur, kurz vor dem Zugriff, um die größeren Abnehmer auffliegen zu lassen. An der Tankstelle des Rasthof Siegburg-West an der A3, vermuteten wir die Übergabe einer neuen Lieferung. Unsere Leute standen verdeckt zum Zugriff bereit. Plötzlich wurde Ihr Freund, vermutlich mit einem

Präzisionsgewehr, aus großer Entfernung erschossen. Der oder die Täter sind uns entkommen. Wir vermuten einen Bandenkrieg zwischen der russischen und italienischen Mafia, die im Rheinland eines ihrer Gebiete beansprucht«. Weinend warf Sabine sich in die Kissen.

*

Was hatte Thekla übersehen? War in dem Traum von der Kanufahrt doch ein versteckter Hinweis? Alle Vergleiche vom Traum mit dem vorliegenden Fall, brachten sie nicht weiter voran. Ihr kam der Erschossene von der Autobahnraststätte in den Sinn.

Dieser Fall war der Abteilung >organisierte Kriminalität<, im Haus der Siegburger Kripo unter der Federführung des LKA Wiesbaden zugewiesen.

Vielleicht gab es irgendwelche Hinweise anhand der gefundenen Uhren zu dem Fall der Wasserleiche, da auch hier teure Uhren gefunden wurden.

Sie ging zwei Stockwerke höher im Polizeigebäude in Siegburg. Hier konnten und durften die Kollegen ihr keine Auskunft erteilen. »Wiesbaden hat uns einen Maulkorb verpasst. Der Fall scheint aber vor dem Abschluss zu stehen.

Sobald wir >grünes Licht< haben, könnt Ihr gerne Akteneinsicht haben«.

Thekla ging wütend über den Flur im zweiten Stockwerk in Richtung Treppe. Hier hing an der Wand eine große Pinnwand, die als >schwarzes Brett< genutzt wurde.

Es wurden private Sachen zum Verkauf angeboten, über anstehende Hochzeiten der Kollegen informiert oder einfach nur Comics zum Schmunzeln aufgehangen. Thekla blieb stehen, um sich zu informieren. Es fiel ihr ein Vermerk in Großbuchstaben auf. Hier stand:

EHERING AUF DAMENTOILETTE IN DER ZWEITEN ETAGE
AM WASCHBECKEN LIEGEN GELASSEN
GRAVUR: >Mausi 10.07.89<
Bitte abgeben in Zimmer 204

Thekla glaubte nicht richtig gelesen zu haben und las nochmals, ganz langsam.

»Das darf doch nicht wahr sein«, dachte sie.

Sie ging in Zimmer 204, auf dem gleichen Flur. Hier war das Dezernat für Sexualdelikte.

Kollege Müller, der den Aushang geschrieben hatte, hatte sich gerade einen Kaffee geholt und freute sich auf sein

110

frisches Mettbrötchen, das er sich eben vom Bäcker mitgebracht hatte.

»Sag mal Kollege, was kannst Du mir zu der Suchmeldung sagen?«. Thekla hielt den Zettel hoch, den sie gerade von der Pinnwand mitgenommen hatte.

»Wir haben einen Mordfall, in dem genau so ein Ehering aufgefunden wurde, mit der gleichen Gravur«.

Müller antwortete:

»Da war vorgestern eine Mutter, die sich nach dem Stand der Ermittlungen im Fall ihrer Tochter erkundigen wollte, hier. Die Tochter wurde vor einigen Wochen auf dem Parkplatz einer Diskothek hier in Siegburg vergewaltigt, nachdem ihr KO-Tropfen verabreicht wurden. Leider liefen die Ermittlungen bisher ins Leere. Nach dem Gespräch ging die Frau hier auf Toilette, um sich zu waschen und das Gesicht abzukühlen, dabei zog sie ihren Ehering aus und legte ihn auf die Spiegelablage oberhalb des Waschbeckens. Sie war mit ihren Gedanken so abgelenkt und aufgewühlt, dass sie den Ring vergaß und das Präsidium ohne den Ring verließ. Als sie zuhause ankam bemerkte sie den Verlust und eilte sofort hier hin zurück. Leider war der Ring nicht mehr an dem Platz, an dem sie ihn vergessen hatte. Sie durchsuchte den gesamten Waschraum, sogar den Papierkorb für die Papierhandtücher. Aber nichts«.

»Es kann unter Umständen sein, dass der Ring in den Abfluss gefallen ist«, dachte sie.

»Also suchte sie nach dem Hausmeister und bat ihn, das Siphon des Wachbeckens abzuschrauben und dort nachzuschauen. Da der Hausmeister bereits lange verheiratet ist und weiß, was seine Frau mit ihm machen würde, wenn er seinen Ring verlieren würde, tat er, worum diese Frau ihn bat, aber in dem Abflussknie des Siphon war auch nichts. Da die Frau vorher bei mir zur Erkundigung war, kam sie wieder zu mir, erzählte mir von dem Verlust und bat mich darum, diesen Zettel«, er zeigte auf den Zettel in Thekla´s Hand, »aufzuhängen«.

Thekla musste grinsen.

»Wenn der Zettel Euch weiterhelfen kann, - nimm ihn mit. Gib mir Bescheid was es ergeben hat«. Müller freute sich nun endlich ungestört in sein Mettbrötchen beißen zu können.

Thekla verließ das Büro und ertappte sich dabei, wie sie trotz der Hitze fast wie ein Kind, vor Freude über den Flur hüpfte.

*

Es war einer der heißesten Tage in diesem Sommer. Thekla war mittags nach Hause gefahren, um die durchgeschwitzte Kleidung zu wechseln. Auch die frischen Sachen waren schon wieder feucht, als sie gegen siebzehn Uhr, begleitet von ihrem Kollegen Robert Hanf, ihren Dienstwagen etwa fünfzig Meter vom Zielobjekt entfernt, abstellte. Direkt hinter ihr hielten zwei Streifenwagen aus denen uniformierte Kollegen ausstiegen. Sie gingen gemeinsam zum Zielobjekt. Thekla instruierte kurz:

»Zwei Beamte vors Haus, zwei suchen sich einen Weg hinter der Siedlung zu dem Gartentor des Hauses. Wir werden in drei Minuten klingeln. Keiner verlässt das Haus oder das Grundstück«.

Die Kollegen nickten. Zwei gingen an den Reihenhäusern seitlich vorbei, zur Hinterseite des angegebenen Hauses und postierten sich so, dass sie vom Haus aus nicht gesehen werden konnten.

Thekla drückte auf den mit Hand beschrifteten Klingelknopf. Eine Tonfolge, wie der Klang des berühmten >Big Ben<, ertönte.

Frau Schmidt öffnete die Haustüre.

»Ja bitte?«.

»Guten Tag Frau Schmidt. Thekla Sommer, Kripo Siegburg. Mein Kollege Hanf«. Thekla zeigte auf Robert, neben ihr. »Dürfen wir kurz reinkommen?«.

»Selbstverständlich, bitte schön, worum geht´s? Haben Sie schon Neuigkeiten im Fall meiner Tochter?«

Als die Haustüre geschlossen war und sie sich im Flur befanden, holte Thekla ein kleines Plastiktütchen, welches sie sich am Vormittag aus der Asservatenkammer geholt hatte, aus ihrer Tasche.

»Kennen Sie diesen Ring?«, Thekla hielt das Plastiktütchen in Augenhöhe.

»Oh, Sie haben meinen Ring gefunden. Dafür kommen Sie extra vorbei? Das wäre doch nicht nötig gewesen«.

»Sagt Ihnen die Gravur etwas?«, fragte Thekla.

Frau Schmidt nahm das Tütchen in die Hand und hielt es sich dicht vor die Augen.

»Ja natürlich, >Mausi 10.07.89<. Mausi war sowohl mein Kosename, wie auch der meines Mannes, als wir uns verlobt hatten. Der Einfachheit halber hatten wir die Ringe dann auch als Eheringe genommen. Wissen Sie, wir hatten damals nicht so viel Geld und ...«

»Darum geht es jetzt nicht«, unterbrach Thekla.

»Wir sind von der Mordkommission. Probieren Sie mal den Ring an«.

Sie nahm den Ring aus dem Tütchen und gab ihn an Frau Schmidt.

»Wieso Mordkommission, meine Tochter lebt doch?«.

Sie nahm den Ring, stülpte ihn über ihren Ringfinger.

»Nein, das ist nicht meiner. Der ist mir ja viel zu groß. Aber meinem Mann kann der auch nicht sein. Der hat seinen am Finger«.

Sie zeigte in Richtung Küche.

»Wir sitzen gerade am Kaffeetisch. Kommen Sie doch bitte«.

Die Tür zur Küche stand einen spaltbreit offen. Als sie die Küche betraten, standen auf dem Tisch zwei Tassen mit noch dampfendem Kaffee und zwei Teller mit leckerem, selbstgebackenem Erdbeerboden, jedoch von Herrn Schmidt war nichts zu sehen, dafür von der weit offenstehenden Terrassentüre. Robert, Frau Schmidt und Thekla eilten auf die Terrasse. Hier war Herr Schmidt auch nicht. Robert lief zurück ins Haus, um im an die Küche angrenzendem Wohnzimmer nachzusehen. Hier war er auch nicht. Thekla schaute Frau Schmidt fragend an. Diese zuckte mit den Schultern.

Plötzlich hörte man hinter den Kirschlorbeerbüschen am Ende des Gartens in Richtung Jägerzaun ein lautes:

»Halt, stehenbleiben, Polizei!«

Es hatte sich als gut erwiesen, die zwei Polizeibeamten an der Grundstückrückseite zu platzieren.

Die Frauen liefen in Roberts Begleitung, Richtung Gartentor. Dort lag Herr Schmidt von einem Beamten am Boden fixiert und mit Handschellen auf dem Rücken, gefesselten Händen. Als die Polizisten Herrn Schmidt auf die Beine geholfen hatten, kamen Thekla, Robert und Frau Schmidt gerade an.

»Was ist denn hier los?« schrie Frau Schmidt, »lassen Sie meinen Mann sofort los. Da! « Frau Schmidt zeigte auf die rechte Hand ihres Mannes, »mein Mann trägt seinen Ehering«. Sie wollte ihrem Mann den Ring vom Finger ziehen, was aber nicht sofort gelang, da sich die Hände in ungewohnter Haltung auf dem Rücken fixiert befanden und die Finger dadurch angeschwollen waren.

»Lass es!« schrie er sie an, »die haben Recht. Endlich ist es vorbei. Ich kann sowieso immer schwerer mit dem schlechten

Gewissen leben. Was meinst Du, warum ich mich im Schlaf immer so wälze und mich nicht richtig erholen kann?«

»Was für ein schlechtes Gewissen?« fragte Frau Schmidt erstaunt.

»Na, ich musste doch was tun«, sagte er kleinlaut, »er hat unsere Prinzessin geschändet. Er hat ihr und unser Leben zerstört. Der Mistkerl hat es nicht anders verdient. Ich habe seinerzeit abends nicht so oft abends gearbeitet, wie ich gesagt habe. Ich war oft in der Diskothek, wo das mit unserer Kleinen passierte. Dann endlich, sah ich es an der Theke. Ich sah, wie jemand ein kleines Fläschchen aus seiner Jackentasche holte und seiner neuen Bekanntschaft ein wenig in den Drink träufelte, als diese auf Toilette war. Nachdem sie zurückkam und etwas trinken wollte, wurde sie von einem Nebenmann versehentlich so angerempelt, dass ihr Glas hinfiel und zerbrach. Diesen Tumult nutzte ich und zog das Fläschchen aus der Tasche des Täters. Ich schüttete ihm selber etwas Flüssigkeit ins Glas«. „Die neue Bekanntschaft, die er eben erst in der Disco kennengelernt hatte, hatte sich beim Sturz des Wasserglases etwas von dem Getränk über ihren Rock geschüttet. Total sauer darüber verließ sie die Disco mit den Worten:

»Das war´s dann. Du kannst nichts dafür aber ich will jetzt nach Hause. Alleine.«

Sie drehte sich um und rannte hinaus.

Herr Schmidt schüttelte besorgt aber erleichtert über sein jetziges Geständnis immer wieder fassungslos den Kopf. Er konnte seiner Frau nicht in die Augen schauen.

»Nachdem er getrunken und bezahlt hatte, folgte ich ihm einige Minuten später. Ich wollte ihn zur Rede stellen und zur Rechenschaft ziehen. Ich war so erregt und in Rage, dass ich den leichten Regen nicht wahrnahm, als ich ihm mit etwas Abstand folgte. Erst über den Parkplatz dann über die Mühlenstraße hinweg, hinein in den asphaltierten Fußweg, >Auf der Kälke<, entlang des Mühlengrabens, der in den Park des Kreishauses führt. Er torkelte stark und stolperte fast über seine eigenen Füße. Wahrscheinlich hatte ich zu viel aus dem Fläschchen in sein Glas geschüttet. Als er dann die kleine Brüstung zum Mühlengraben hinüberstieg und sich übergab, drehte ich in meinem Frust und dem Schmerz, den er uns zugefügt hatte, durch. Ich nahm eine Stange eines Baugerüstes, das sich neben mir an einem Haus befand und schlug zu. Da die abschüssige Rasenfläche zum Wasser hin, nass war, rutschte er daraufhin noch aus und stürzte in den Mühlengraben«.

»Herr Schmidt«, sagte Thekla mit kräftiger und lauter Stimme, »ich nehme Sie vorläufig fest, wegen >gefährlicher Körperverletzung mit Todesfolge<. Mord kann ich Ihnen zurzeit nicht nachweisen, dazu fehlt der Vorsatz. Hier liegt möglicherweise eine >Tötung im Affekt<, hervorgerufen durch die >gefährliche Körperverletzung< vor. Dies jedoch entscheidet der Richter im Verfahren. Sie haben das Recht die Aussage zu verweigern und sich einen Anwalt zu nehmen. Alles was Sie jetzt sagen kann vor Gericht gegen Sie verwendet werden«.

Sie deutete den uniformierten Beamten an, ihn abzuführen und ins Polizeipräsidium zu bringen.

Bei der abendlichen im Team stattfindenden Besprechung, sagte Thekla im Kreis der Kollegen der >SOKO Mühlengraben<:

»Wieder einmal hat uns Kommissar Zufall geholfen. So jedoch ist mein erster Fall als SOKO-Leiterin erfolgreich zu Ende geführt worden. Ich danke Euch allen für die tatkräftige und gute Zusammenarbeit«.

Spontaner Applaus beendete die Teamsitzung.

ENDE

www.rsk-krimi.de

Leseprobe

Mord in Bornheim

Der Spargelkönig

Der zweite Fall von Kommissarin Thekla Sommer

www.rsk-krimi.de

Erstes Kapitel

Eigentlich war alles wie immer.

Der Ehemann, Friedrich Schirmer, ein führendes Mitglied der >Chefetage< eines mittelständigen Unternehmens in Bonn, hatte um 06:45 Uhr das Haus verlassen, um seiner verwalterischen Tätigkeit im Bereich der Transportlogistik nachzugehen.

Der Sohn Max und die Tochter Lena waren nach ihrer morgendlichen Trödelparade im Badezimmer und dem darauffolgendem Gemeckere, was es denn nun heute wieder zum Frühstück gab und womit die Schulbrote möglichst nicht zu belegen wären, bereit, das Haus zu verlassen. Einzig noch das bereits als Ritual anzusehende Küsschen von der Mama beim Verlassen des Hauses, fehlte noch.

»Passt gut auf Euch auf und kommt gesund wieder«, rief sie den Beiden nach, als sie die Straße zur Haltestelle an der Straße >Im Benden< in Alfter, hinuntergingen. Familie Schirmer bewohnte hier in der Fürst-Franz-Joseph-Straße, im >Unterdorf<, ein Einfamilienhaus, welches Friedrich von seinen Eltern geerbt hatte. Es waren hier und da einige Schönheitsreparaturen notwendig gewesen. Neue Heizung, neuer Dachstuhl und Ziegel sowie das Streichen der Fassade hatte schon fast alle Ersparnisse aufgebraucht. Das Erbe der Eltern sollte jedoch erhalten bleiben und später dann auch an die Kinder weitergegeben werden.

Der Schulbus hielt glücklicherweise nur etwa einhundert Meter vom Haus der Schimmers entfernt. Von hier aus fuhren sie dann nach Bornheim in die >Europaschule<. Die Mutter winkte beiden nach.

Ute Schirmer machte nun das, was sie eigentlich jeden Tag machte, seitdem sie mit der Jüngsten, ihrer Lena, schwanger war. Sie hatte damals kräftig zugenommen aber sie hatte sich nach der Entbindung angewöhnt jeden Morgen einige Kilometer zu laufen. So nahm sie auch heute ihren Labrador >Bruno< an die Leine und lief los. Von Alfter aus >In den Benden< startend über den >Kölner Pfad<, einen Wirtschaftsweg, quer durch Blumen- und Obstfelder, in Richtung Bornheim-Roisdorf. Hier lief sie noch ein Stück über die Friedrichstraße dann links in die Siegesstraße, bevor sie dann wieder links über einen kleinen aber asphaltierten Fußweg, namens >Auf der Lüste<, zurück bis nach Alfter lief. Dieser schmale Weg >Auf der Lüste< verlief durch einen kleinen Park, parallel dem Roisdorf-Bornheimer-Bach und der S-Bahn-Strecke der Linie 18 von Bonn nach Köln. Das war täglich eine Strecke von circa viereinhalb Kilometern aber durch den täglichen Rhythmus zur Gewohnheit geworden, was man der Figur sehr ansah. Als sie durch das kleine, dichtbewachsene Wäldchen lief, das sich an ein Grundstück anschloss, auf dem sich ein recht großes Seniorenheim befand, stutzte sie etwas. War da hinten auf der Bank an dem asphaltierten Weg über den sie laufen musste, ein Mensch in nach hinten angelehnter Haltung sitzend? Vorsichtshalber nahm sie Bruno etwas kürzer an die Leine. Normalerweise lief er ruhig und brav immer neben ihr her, da er die Ausläufe gewohnt war. Diesmal jedoch bemerkte Ute, wie der Labrador bereits etwa fünfzig Meter von der Bank entfernt, unruhig wurde. Je näher sie kamen, desto mehr fing er an zu tänzeln und hielt den Kopf sehr aufmerksam in Richtung des Mannes, der da saß. Der Mann saß ganz regungslos und hatte den Kopf in den Nacken gelegt. Als sie in Höhe der Bank war, sah Ute, dass der Mann mit weit geöffneten Augen in die Baumkronen über ihm schaute. Ute lief vorbei aber irgendetwas in ihr sagte:

»Bleib stehen, sprich ihn an. Vielleicht braucht er Hilfe«.

Der Mann brauchte keine Hilfe mehr, - er war tot.

Thekla genoss die Zeit mit ihrer langjährigen Freundin. Sie kannten sich noch aus der Schulzeit, waren auf demselben Gymnasium, hatten gemeinsam Abitur gemacht und sich seitdem nicht mehr aus den Augen verloren. Sylvia wohnte in einem kleinen zu Bonn gehörenden Vorort, der Bundesstadt. Eigentlich hatten die zwei es sich zur Gewohnheit gemacht, einmal im Monat gemeinsam die Seele baumeln zu lassen und einige Stunden in der Saunalandschaft an der Bonner Kennedybrücke gegenüber der Oper, zu verbringen.

In dem fünfgeschossigen Bürohaus war eine exzellente und sehr großzügig angelegte Saunalandschaft, die sich über drei Etagen auf etwa dreitausend Quadratmeter zuzüglich einer übergroßen Dachterrasse hinzog. Hier waren sechs verschiedene Saunaarten und das Benutzen eines Swimmingpools möglich. Ebenfalls war ein gemütlicher Gastronomiebereich, der zwischen den Saunagängen zum Relaxen einlud, vorhanden. Die Tageskarte für neunundzwanzig Euro war für dieses Erlebnis, einmal pro Monat, nicht zu teuer.

Nach etwa dreieinhalb Stunden der Erholung hatten die zwei genug und beschlossen, nebenan >beim Griechen<, essen zu gehen. Es störte Thekla nicht, dass Sylvia ihr

125

unter der Gemeinschaftsdusche den Rücken einseifte, obwohl sie wusste, dass Sylvia bereits seit der Gymnasialzeit, Frauen attraktiver fand, als Männer. Ihr späteres Outing, als lesbisch, nach einer kurzen Eheepisode, war für Thekla damals auch nur die logische Konsequenz. Jedenfalls bemerkte Thekla schon, dass Sylvia ihr beim Waschen des Rückens, einmal mehr als nötig gewesen wäre, über ihren durch stetes sportliches Training, straffen Hintern gestrichen hatte. Etwas amüsiert aber auch als sehr angenehm empfindend, musste Thekla diesen Moment unkommentiert lassend, grinsen.

Als Thekla dann ihrerseits den Rücken ihrer Freundin abseifte und abspülte, meinte diese:

»Ich glaube ich muss demnächst mit Spülmittel duschen«.

»Wieso mit Spülmittel?«, fragte Thekla ganz erstaunt?«

»Na, da steht doch immer auf der Flasche«, sie zeigte auf die Rückseite einer imaginären Flasche, »hilft selbst bei hartnäckigem Fett«.

Beide Frauen prusteten los vor Lachen. So war die Freundschaft eben zwischen den Beiden, einfach herzerfrischend. Lachen erfrischt das Herz und das Gemüt.

Als beide dann an ihren Umkleideschrank gingen, um sich anzuziehen, sah Thekla auf ihr Handy.

»Oh nein, drei Anrufe in Abwesenheit. Alle drei aus dem Polizeipräsidium. Ich hab mir doch extra ein paar Tage Urlaub genommen, um ungestört mal was für mich zu machen«.

Ihr inzwischen sechzehnjähriger Sohn David war vor einiger Zeit gegen ihren Willen von zu Hause ausgezogen, um bei seinem Vater, Bernd Lay, in Siegburg-Kaldauen, zu wohnen. Es ging ihm wohl insgeheim darum, näher an seiner Flamme Jana Kaminski, der fünfzehnjährigen Tochter von Bernds neuer Freundin, Eva Kaminski, zu wohnen. Wegen Doris hatte Bernd die langjährige Beziehung mit Thekla, die nicht durch eine Ehe besiegelt wurde, seinerzeit beendet.

»Also ehrlich«, meinte Thekla zu Sylvia gewandt, «ich möchte doch so gerne noch mit Dir essen gehen«. Thekla zog eine Schnute wie ein dreijähriges Mädchen, welches noch Schokopudding vor dem Schlafengehen haben möchte, obwohl Mutter es verboten hat.

»Nun ruf doch mal zurück«, ermutigte Sylvia. »vielleicht wollen die ja nur eine Kleinigkeit fragen«.

Als sie sich nun angezogen hatten und das Saunaparadies verlassen hatten, zückte Thekla auf dem Weg zum Restaurant, das Handy.

Vor dem Eingang zum Restaurant drückte Thekla etwas resigniert in Richtung Sylvia schauend, die Rückruftaste.

»Polizeipräsidium Siegburg, Alfred Bollenkamp«, hörte Thekla ihren Vorgesetzten sagen.

»Hallo Fred, - Thekla hier, - ich habe Urlaub«.

»Ach Thekla, ja also entschuldige bitte, ich weiß ja, dass Du den überfälligen Erholungsurlaub hast. Hier ist die Hölle los. Zwei Kollegen sind erkrankt, vier sind in andere Ermittlungen eingebunden, ich brauch' Dich hier ganz dringend«.

»Was gibt es denn so Dringendes, wenn nicht ein Todesfall?

»Eben, - so ist es. Vor etwa vierzig Minuten kam die Meldung der Schutzpolizei in Bornheim. Todesfall eines zweiundachtzigjährigen«.

»Ja, das kann aber in dem Alter schon mal vorkommen, dass man verstirbt«.

»Thekla, bitte! keine Witze«, konstatierte Bollenkamp.

»Ist ja gut. Wieso die Mordkommission?«

»Unklare Todesursache. Fremdverschulden nicht ausgeschlossen. Da lagen zwar leere Tablettenblister und eine Flasche Wasser aber der Rollator des Mannes lag zwanzig Meter entfernt im Roisdorf-Bornheimer Bach zwischen Bäumen und Gestrüpp. Ohne dieses Hilfsgerät hätte der alte Mann diese Strecke aber niemals gehen können«.

»OK, ich fahre dahin. Wann wurde die Leiche gefunden?«

»Heute Morgen, von einer Joggerin mit Hund. Danke Thekla, Du hilfst mir sehr. Du hast was gut bei mir«.

»Bei Gelegenheit erinnere ich Dich daran. Gib mir die Adresse«.

»Bornheim-Roisdorf, Auf der Lüste, zwischen Siegesstraße und Brunnenallee. Dort kommst Du aber nicht mit dem Auto hin. Ist ein asphaltierter Spazierweg«.

Thekla wollte auflegen.

»Und danke nochmal«, hörte sie Fred noch sagen.

Dann war die Verbindung unterbrochen.

»Tut mir echt leid, dass unser Treffen so enden muss. Aber Du hast es ja schon einige Male erlebt. Kriminalpolizei halt«, Thekla zuckte mit den Achseln, umarmte ihre Freundin und verabschiedete sich.

Demnächst erscheint in dieser Reihe:

Mord in.Bornheim   Mord in Rheinbach
>Der Spargelkönig<   >Das Burgfräulein<

Über den Autor:

Kersten Wächtler

Geboren 1958, in Siegburg, in der Zeit des Wirtschaftswunder, verbrachte er seine Kindheit, mit zwei Schwestern und zwei Halbbrüdern, in Siegburg und dem ländlichen Windeck. Geprägt von dem idyllischen Umfeld, fühlte er sich in der Stadt nie so recht wohl und er suchte sein soziales Umfeld meist in ländlichen Regionen, wie Rheinbach, Meckenheim, Bornheim oder Herchen/Sieg.

Bereits im jungen Erwachsenenalter fing er an, seine Gedanken schweifen zu lassen und niederzuschreiben. Am Anfang war es mal ein Kinderbuch oder philosophische Zeilen. Als zertifizierter Psychologischer Berater folgte ein Psychologisch/spirituelles Werk. Seit einiger Zeit entspringen Krimis (aus dem Rhein-Sieg-Kreis) seinen Gedanken und dem Werk seiner Phantasie. Hier legt er aber besonderen Wert auf umfangreiche, historische Recherche hinsichtlich der Schauplätze seiner Handlungen.